# 美しさをつくる

——中原淳一対談集

国書刊行会

美しさをつくる――中原淳一対談集　目次

## 第一章　若き日のスターたちと

## 第二章　美しく生きるために

# 第一章　若き日のスターたちと

# お帰りなさい、いづみちゃん

## ――雪村いづみさんと

**雪村いづみ**――中学卒業後歌手を志し、日劇ミュージックホールのレビューで初舞台を踏みデビュー。〝想い出のワルツ〟が発売直後から大ヒットし世紀に一人のシンデレラと呼ばれた。同年代の江利チエミ・美空ひばりと共に「三人娘」と称され、三人が主演した映画は空前の大ヒットを記録。可憐な容姿を中原淳一に見出され、ファッションモデルとしても活躍し、多くの雑誌のグラビアを飾った。デビューから五十余年を経ても、意欲的に芸能活動を行っている。

ベルリン映画祭に日本の代表として出席し可愛い日本のお嬢さんと大好評を受けた雪村いづみちゃん。今日はそのおみやげ話をいろいろ伺うことになった。

二時に待ち合わせる約束なので、車でその場所まで行くのに二十分の時間をみて、僕は大いそぎで仕度をしていたら電話がかかって来た。もういづみちゃんはその場所に来ているのだそうだ。帰って来たばかりのいづみちゃんは、あっちからもこっちからもひっぱりだこ。やっと空けてもらった時間も一時間半しかないという。ソレッとばかりに僕もネクタイをしめながら車に飛びのった。

さて、待ち合わせの部屋のドアをあけて「お帰りなさい」と言いながら部屋を見渡した僕は、パッと花のようにふくらんだスカートのドレスで、長い髪をいつものように肩にたらしてニッコリ笑ったいづみちゃんが見られるに違いないと思ったのに「ただいまァ」という声はたしかにいづみちゃんの声だのに、部屋には男の子がポツンといるだけだ。

「オヤ」と思って二三度まばたきするようなつもりで良くみたら、それがいづみちゃんだった。

いつものいづみちゃんとは全くちがう、今日のいづみちゃんの素晴らしさをここでちょっと紹介すると、今日のいづみちゃんは、あの長い髪をぴっちり横分けにして、短い前髪までもかきあげて後ろでぴったりと頭につけてまとめ、口紅も何もつけてない、まるで男の子のようないづみちゃん。可愛い目がクリクリと印象的だ。

男仕立の純白のワイシャツに細い黒いネクタイをしめて、黒いタイト・スカート。まるで男の子のような白と黒の調子の中で、細いウエストにきっちりしめた黄色いベルトがとても綺麗だなと思った。

今までこんな感じのいづみちゃんを見たことがなくて、本当に新鮮で素晴らしい。

「お帰りなさい」

「ただいま」

をくり返した後、いづみちゃんが、

「もうお身体いいんですか？」と聞く。いづみちゃんがベルリンへ立つ前から僕が病気で寝ていたので、心配してくれたわけだ。

「まだ寝てるんですよ」というと

「じゃァ、私が旅行している間じっと寝てらしたの？　今日出ていらしていいんですか？」といつもながら心遣いをみせてくれる。

「だって今日は帰って来たいづみちゃんに会うこんな大切な日だもの。寝てはいられないと思って、飛び出して来た」と僕は自分の実感をのべる。

「ところで海外生活はどのくらいだった？」

「全部で二十八日、途中もふくめてだけど。その中で飛行機が片道三十何時間だから、往復だいたい三日ね。だから二十五日いたわけね」

「その中でドイツにはどれくらいいたの？」

「二週間よ。だけどとても長く感じちゃって、一週間もした頃には一年もいたような気がして帰りたくて帰りたくて……本当はね、もう着いた日から帰りたかったのよ」

といづみちゃんに似合わず元気のない調子でいう。

「どうしてまたそんなに帰りたくなったのかナ?」と不思議に思って聞くと、

「私、行く前から病気だったの。それをそのまま無理して行ってしまったから何となく心細かったのね。……それにあっちは暑かったのよ。特にパリは七十年ぶりの暑さだっていってたワ」という答えだ。

ベルリンからパリへも廻ったのは初耳だったので、それをいうと、

「ええ、私ね、ベルリンの映画祭がすんだらどうしても日本へ帰るんだってダダをこねたのよ。日本を発つまえはパリ、ローマ、スイスなんかにも廻るつもりだったんだけど、途中でどうしても帰りたくなっちゃったの。向うの人たちが〝せっかく来たんだからパリへも行ってみなさい〟っていってくれても〝お願いですから帰らせて〟っていってたのよ。ところが、パリのステージをたのまれたり合作映画のことでロンドンへも行かなきゃならなくなって、それでパリとロンドンへ行ったの」

「それでパリはどうでした?」と僕も少々パリがなつかしいような気持で聞いてみる。

「それが暑くて暑くてね、第一印象は良くないわ」

「お仕事っていうのは舞台?」

「ええ、オランピア劇場で歌ったんです。六日いた中、五日間うたったの。〝ケ・セラ・セラ〟〝さくら、さくら〟〝シンディ・オウ・シンディ〟なんか。ソ連とかメキシコとかいろんな国から集ってショウをした中に飛び込みで歌ったの。それで劇場に飾ってあった色々な国の国旗の中で、その五日間は日本の日の丸もかかげられたのよ」

とちょっと嬉しそうに笑う。

「それは、日本を代表してどうもありがとう」と、僕も嬉しい。

いづみちゃんの話では〝ケ・セラ・セラ〟は世界的に流行したものらしく、パリでもこの歌が一番受けたこと、また来年のシーズンにいつでも都合の良い時を知らせてくれれば、三週間はいつでも舞台をあけて待っているからどうぞ来てくださいというお話だったと嬉しそうに語る。

いづみちゃんのように、こんなに可愛らしい日本娘はパリの人も見たことがないだろうと僕も思ったし、日本人が外国へ行っていい仕事をするチャンスを多く持つことは、日本の国のためにもとてもいいことだと思った。

話題をベルリン映画祭にもどして、その間中いづみちゃんがずっと日本の着物で通して皆に好評だったということを聞いていたので、そのことを聞くと、

「ええ、着物大変だったのよ。十四、五枚持って行って毎日取りかえたの。自分で日本髪のように結ってカンザシつけて――着物が奇麗だったから、着物で受けたようなものよ」

といづみちゃんはいうけれど、アクセサリーの一つにでも細かく心をつかって、いつも自分に一

番良く似合うものをよく知って美しく着ているいづみちゃんのセンスは、ベルリン映画祭でもきっとそのすばらしさを思う存分発揮していたに違いないと心強く思った。

それからいづみちゃんは言葉をついで「それに私、歌がうたえるでしょ？　だからとても可愛がってくれたのよ」

という。日本の振袖の着物を着たいづみちゃんが、あのチャーミングな歌をうたったのだから、これはもう全然受けるのが当り前だナと僕は思ったが、あのオランピア劇場いっぱいの割れるような拍手をあびた和服姿のいづみちゃんを見るような気持で、僕もうれしかった。

それに新聞の記事では、いづみちゃんはドイツ語で挨拶したということだったので、

「ドイツ語で挨拶したんですって」と聞くと、

「そう」とうなずいてから、いづみちゃんはふっと思い出したように、

「それがね、とっても受けた言葉があるのよ。〝デュフテ〟っていう言葉なんだけど「すてき」って意味なのね。それが何ていうのかしら、全然ガラの悪いアンチャンみたいなのが使う言葉らしいの。それを私がきれいな日本の着物を着て、シャーッと丁寧におじぎして、いきなり〝ベルリンはデュフテだ〟っていったの。〝ベルリンはスゲェナァー〟っていうようなことでしょう？　だから全然受けちゃった！」

と真白な歯をみせて笑ういづみちゃんと一緒に、僕も大笑いをした。

「映画祭っていうのは、どんな風に行われたの？」——と僕は聞く。

「初日はね、開会式よ。市長さんや偉いひとがいっぱいお祝いの言葉を述べたんだけど、聞いててサッパリ分らなくてつまらなかったワ。その後スターパレードで、各国のスターさんが舞台に出てお花を貰ったの。私は着物で丁寧におじぎして、この日は日本語で挨拶したらとっても拍手してくれました」

というようことなので、

「だって日本語じゃぜんぜん分らないでしょう?」というと、

「ええ、だけどそれでも良いんですって」

とケロッとした顔つきで言うので、

「じゃあ、モシモシカメヨ、カメサンヨ、でもアメアメフレフレカアサンガ……でも良いわけだ」

というと、いづみちゃんはキャーァと笑って、

「チョチ、チョチ、アババ、カイグリ、カイグリ、トットノメ、バカバカ、コンチクショウでもいいわね」

と後を続けて、いつものいづみちゃんらしい明るい笑い声を立てる。

「初日が終ってからはどんなことをした?」

「毎日毎日ね、アメリカのパーティー、フランスのパーティー、英国のパーティーって来る日も来る日もパーティーなのよ。私は、言葉が分らないでしょう?　ドイツはやはり英語じゃあ通じないんですもの。いつも川喜多のオジチャマ（川喜多長政さん、今度いづみさんと一緒にベルリンへい

らした方）や田中路子さん（ドイツに住んでいる日本の歌手）にくっついて何も話さないでいたわ。でもね、時々一人ぼっちになっちゃうことがあるの、パーティーの最中に皆がどこかへ行っちゃうのね。そうすると不思議ね、何とかなっちゃって結構ちゃんとお話してるのよ。それで皆が〝いづみちゃんはほっといた方がいいよ。一人になったら何とかやってるから〟っていわれるようになっちゃった」

そのパーティーの間に一日フォアート・ビューネーという屋外劇場のダンスパーティーで〝オウ・マイ・パパ〟をいづみちゃんは英語で歌ったということだ。

「あの歌、ドイツの〝黒い魚〟っていうミュージカルの歌なんですって。とっても受けて嬉しかったわ」とも話してくれた。

日本からはこの映画祭に、いづみちゃんも出演した『嵐』と、もう一つ『暴れん坊街道』が出品され、残念なことにはどちらも賞は取れなかったが、四位以内に入ったということだ。

しかし、四十一か国が参加したその中で、四位であったということはそうとういい作品なんだというようなことを話しあっていたら、それに続けていづみちゃんが声をはずませていう。

「だけどね、私、個人の賞は貰ったのよ」

「それはよかった！　だけどその個人の賞ってのはどんなの？」と思わず僕も心がはずんでいたずねてみると、

「今度の映画祭に出席した中で一番ポピュラーで人気があって、そして一番可愛いスターにベルリンの記者クラブから個人の賞っていうのが出たの。それが映画祭の最後の日に私ということにきまったのよ。うれしかったわ、とっても――。〝一番チャーミングな人、雪村いづみさんへ〟って書いてあってね、すばらしいアルバムなの。丁寧に細工してあってとてもきれいなのよ。本当に嬉しかったわ」

と、本当に嬉しそうないづみちゃんを見ていると、僕まで嬉しくて、

「よかったなあ！　そりゃあいづみちゃんにとっても、とってもいい記念だ！」

といいながら、いづみちゃんがその賞を貰ったのは当然だと思ったりした。『嵐』が上映された日は、いづみちゃんも一緒にそれを見たのだそうだが、

「自分の演技っていうのが気になって気になって、気が気じゃなかったわ。生れて初めて長い映画を見たような気持がして、辛くて、辛くて」

といづみちゃんがいうので、

「僕もパリにいた頃に、〝羅生門〟と〝源氏物語〟が上映されたのをあちらのひと達と一緒に見たけれど、映画の中で自分の気になる所があると、外国人がそれをどう思うかとハラハラしたからいづみちゃんのその気持よくわかるナ。本当に辛いですね」

というと、いづみちゃんは

「ホント、辛かったわ」

と今頃になってホッとしたように大きなためいきをついている。

再び着物の話に帰って、いづみちゃんは、

「着物、皆さんとってもほめて下さったわ。珍しい、すばらしいって。ただ残念なことにはね、日本のひとは毎日こういう着物を着ていると思っているのね。〝日本のひとはヨーロッパの服装しますか？〟って皆聞くのよ」

と残念そうだ。

「だけど、外国に行ってみると、どこの国の人もやはり自分の国の服装をしているのが一番美しく感じなかった？」

とたずねてみると、

「そう、インドの人がサリーを頭からこういう風にかぶっているのなんかとってもステキ」

といづみちゃんも同感。

「だから日本の人はやはり日本の着物を着ていた方が、あちらの人にはめずらしくていいというだけでなく、美しく見えるのが当然だと思うナ。だけど、東洋人の中で、洋服を上手に着こなしているのは日本人だと僕はあちらに居た時いつでも感じていたんだけど……」というと、

「そう、たしかに私もそう思ったワ」

とこれも同感。

「だけどね。私むこうで、持っていった水色のドレス一度だけパーティーに着ていったのよ。そしてフランソワーズ・アルヌールと写真をいっしょに撮ったの」

と楽しそう。

一か月日本を留守にして外国のひと達の中で生活して来たいづみちゃんは、きっといっぱい収穫を身につけて来ただろうと思って、「たくさん収穫があったと思うけれど、その中で一番の収穫は何だった」と聞くと、いづみちゃんは瞳を輝やかせて、

「外国へ行ってみて、日本の良いところが初めてわかりました。仕事のことでも家庭のことでもうんとわかったの。たった一か月足らずの間だけど——。日本の国民性というのか、国柄というのかしら、その良さがわかったの。愛国心が強くなったわ。日本って、もっともっと愛されて、もっともっと世界に進出して行ける国だと思うわ、私」

と語調にのはずみがついたようにいう。

これは本当にいづみちゃんのいう通りで、僕もかねがねそう思っていたので、

「本当にいづみちゃんのいう通りだと僕も思うナ。ひとによっては日本のこともよく知らないで何でもむこうのものに感心してしまうひとがいるけれど、僕は絶対にそんなことはどうかと思う。例えば僕がパリにいた頃、ある日本のひとと一緒に、カジノ・ド・パリへレヴューを見に行ったんだけれど、その時舞台でタップダンスがあったんですよ。するとその僕と一緒のひとが物凄くタップダンスに感心してしまって〝素晴らしい、素晴らしい〟っていうんです。それだけならいいけれどそのひとはおしまいに〝日本ではあんなのはまだ無いわね。あの靴の先にはカネが打ってあるのに違いないワ〟なんていい出したんで、よく聞いてみたら、日本ではまだレヴューを見たことがない

っていうんですね。それで僕もばかばかしくなって〝日本でも、二十年前からやってるものですネ〟っていってやった」

というと、いづみちゃんは、

「アラァ、それなーに？　そのひとタップダンス見たことなかったってわけ？　まァ失礼しちゃうわねえ」

と声をあげる。

「それから例えば〝羅生門〟だってそうでしょう？　日本でも野心作だと評判だったけれど、カンヌの映画祭でグラン・プリを受けたからというので、同じ映画を日本では以前とはまるで別なようなものの扱いで再映されたり急に高く評価されたりしたそうだけれど、そんなのは全くどうかと思ってしまうんだ。黒沢さんも〝外国で誉められたからというので、今さららしく自分が誉められるのはいやだ。自分は以前からの自分なんだから〟と言われたそうだけれど、僕も本当にそうだと思う。自分というもの、自分の国というものにもっともっと自信を持つべきだナ」

というと、いづみちゃんも強くうなずいて、

「外国にも日本には無い良さがいっぱいあるわ。だけど日本にも立派なものがたくさんあるんだもの。日本人は日本人の良さをやっぱり守り通すべきだと思うわ。それから日本人って多少気が小さいようにも思うけど、義理とか人情とかはやはりとてもいいと思うわ、時々はうるさいと思うこともあるけれど」という。

「義理とか人情とかいうものは時々うるさいというけれど、向うにもそれとは違っても、同じようにうるさいことが多いでしょうからね」と僕がいうと、

「本当にそうね」といづみちゃんも合槌を打つ。

それからまた、言葉をついで、

「たった一人になって、自分一人で荷づくりをしたりして、大きなトランクとお相撲を取ったみたいなこともして、そんな日本ではやらないようなこともして来たし、日本のことを外から見られたっていうこともとても良かったと思うの。ふだん全然感じないようなことでも、ほんの小さいことでも、ありがたいなァっていう気持ちがいっぱい出てくるの。むこうへ行っても街を観て歩くひまはなかったけど、自分がそんな気持ちを持つようになって日本の良さがわかったことは本当に良かったわ」という。

「街など全然歩かなかったの？」と聞くと、

「ほとんど歩かなかったわ。劇場とホテルの間を行ったり来たりしただけ。そうそう一度エッフェル塔へ上ったの。パリって建築が古くてすばらしいわ。残念なのはルーヴルへ行けなかったこと。ルーヴルへは本当に行きたかったのよ」

と残念そうないづみちゃんだ。

「それでドイツはどうだった？」

「やっぱり外を歩くひまはなかったけど、ちょっと見たところでは建物の壊れている所が多いって

いう感じ。やっぱり共同管理っていうのかしら、占領下にあるでしょう？　だからとても気の毒な国らしいけど、歩いている街のひとの感じもたくましくてちっともひねくれている感じがしないのよ」ということだ。

そしてパリについては、

「パリって、疲れるって感じ」というので、

「そうかナ、そんなに疲れるって感じ——どんなところから受けたのかな？　アメリカから来たひとなんかはパリはとてものんびりしているっていってたナ。活動的なアメリカに比べると、パリはのんびりしているらしい」というと、

「そうね、のんびりしてるっていうのね。疲れてるって私が感じたのは、パリがすごく暑かったせいかも知れない」といづみちゃんはいっていた。

「それにパリってね、私、外国の雑誌なんかに出ているモデルのような女の人がステキなドレス着て、こーんなかっこうして（と、ここでいづみちゃんは外国のモデルのようなポーズをしてみせる）そこいらを歩いているのかと思ったら、ぜんぜんそんな人ひとりも歩いていなかった」

と愉快そうな笑顔をしてみせる。

「もちろんそうだ。パリにだってお金持はそうザラにいるわけじゃないし、皆生活してるんだもの、そんなドレスばかり着ていられないし、まあ日本の振袖や裾模様の訪問着を日本のきものとして外国人には見せるけれど、あちらの人が日本に来ても、なかなかそんな晴着を着ているひとを、見か

ける事なんてないのと同じようなものだナ」と僕がいうと、いづみちゃんも、

「そうなのね、私たちが日本でいくらでも見なれたようなドレスを着たひとばかりだった。だから安心しちゃったし、また別の気持でがっかりしちゃった」

　と、そしてそれに続けて、

「パリ、パリって皆がいっているのを噂にだけしか私聞いていなかったでしょう。それが実際はこういうものなんだナァとわかっただけでも、一度外国を見て来たというのはいいことだと思ってる。そして外国にはそれぞれその良さがあるけれど、その良さを見た日本のひとが自分の国の良さを忘れて外国に対して卑屈になっちゃいけないっていうことは、絶対必要じゃないかしら？」というので、

「それは本当にその通り僕も思っているんだ。少々大きな事いうようだけれど、日本人の義務というのか、しなきゃならないことは、日本人のためになる仕事をするということだと思うんだ。外国の良さを学んで、大いに日本人を愛して、日本人のためになりたいという心をいつも持っている事が大切なんじゃないかナ」

　というと、いづみちゃんも、

「私もそう思ったワ」と、同感の表情。

　ふと気がつくともう三時半。約束の時間が来てしまった。これからある雑誌社へ表紙の写真をとりに行って、それからＮＨＫテレビ、それがすんだらＫＲテレビだという。

「今日はテレビが二つ重なっちゃったのよ」といいながら、いづみちゃんは愛用の真赤な車にとびのって、

「じゃあ、またネ」と明るい笑顔で手をふってみせた。

（『ジュニアそれいゆ』一九五七年七月号掲載）

# しあわせな明日のために

## ――浅丘ルリ子さんと

**浅丘ルリ子**――中学在学中に映画ヒロイン役のオーディションに応募し、約三千人の中から選ばれてデビュー。以後、日活の看板女優として多数の映画に出演。映画〝男はつらいよ〟で演じたクラブ歌手の「リリー」の役は大好評で、マドンナとしてシリーズ最多の四回の出演を数え、最後の作品となった〝男はつらいよ　寅次郎紅の花〟でもマドンナ役を務めた。歌手としても多くの曲を発表、近年は活動の中心を舞台に移して、高い評価を受けている。

ルリ子ちゃんと対談する約束の時間、約束の場所で待っていると、そこのひとが、「お電話です」ととりついでくれた。出てみると、

「コンニチハ、先生」……ルリ子ちゃんからだ。僕との待ち合わせの前にどこかの雑誌社の仕事があって、ドレスの撮影をしているのだという。

「今ね、最後の一枚を撮るところなんです。もう最後のドレス着て、撮影してしまえば終りなんです。ゴメンナサイ、遅れてしまって……」と、いつもの可愛いルリ子ちゃんの声が本当にすみませんという風に電話の向うから響いて来る。

それでは、その一枚を撮影し終ったらまた電話してもらい、ドレスを着替えている間に、お迎えの車を伺わせましょうと約束して電話を切った。

どこの雑誌でもドレスの写真で、ジュニアのドレスといったら、まずルリ子ちゃんをモデルにと考えるようだから、ルリ子ちゃんもなかなか忙しいなァと考えながら電話を待っていたら、ドアをノックして、「ゴメンナサイ、遅くなりました」といつもの美しい声といっしょにルリ子ちゃんが顔を出した。

今日のルリ子ちゃんは『ジュニアそれいゆ』一五号で皆さんに紹介した、僕がルリ子ちゃんにデザインした真赤なドレスで、それが本当に良く似合っている。

「お迎え頂くの悪いから、車をひろって来ました」ということだ。

ルリ子ちゃんというと、今から三年前のちょうど今頃〝緑はるかに〟の映画の主役のルリ子を募

集した時のことを思い出す。その時、僕も審査員の一人だったが、あの時、たくさん集った可愛い少女たちの中で、一際美しく目立っていた少女がルリ子ちゃんだった。

あの時まだ中学二年だったルリ子ちゃんがこんなに大きく成長して、もう子供役は卒業してしまい、実際の年よりも年上の娘役までやらされて、今や映画界のホープになっていることを思うと、何か感慨無量という気持がいっぱいになって来る。

〝緑はるかに〟の審査の時、沢山の少女がいる控室をちょっとのぞいたら、セーラーの制服を着たルリ子ちゃんがチラッと僕の方を向いたのを僕は覚えている。それで、

「審査の時、僕が控室を見たのを知ってた?」と聞くと、

「ええ、覚えてます。でも私ね、初め全然知らなかったのよ、先生のこと。あの時先生にお化粧して頂いたでしょう?」とルリ子ちゃんはいう。

そうそう、と僕も思いだした。

沢山の少女の中から最後に七人の少女が残り、カメラテストの時だった。はじめてドーラン化粧をする人たちのために撮影所のひとたちが手伝ってあげた時に、僕も手伝ってルリ子ちゃんのお化粧をしたのだった。その時も僕は、カメラテストでもルリ子ちゃんが一番だろうと思った事をまた思い出していると、ルリ子ちゃんは、

「私ね、お化粧して下さったのが中原先生だっていうこと、その時全然知らなかったのよ。この方誰だろうなんて思ってたの。そしたら後で中原淳一先生だったって知って、ウワー、だったらもっ

と顔をよく見ておくんだった――なんていったのよ」

と、例のクルッとした瞳をしていう。

あの時のルリ子ちゃんは、前髪を綺麗にカールして、長い長い髪を二つに分けて三つ編みにしたものをまたくるっと輪にして白いリボンで結び、今のルリ子ちゃんよりも、もっと大人っぽい感じだった――と思い出してそのことをいうと、ルリ子ちゃんも大きくうなずいて、

「私がルリ子にきまって、先生が私の髪を切って下さったでしょう？　それから急に子供っぽくなったって、自分でも思ったのよ」ということだ。

もうそれから三年経った。

「ところで今撮っているのは何本目の映画？」と聞くと、

「十九本目です」という答えだ。

三年間に十九本というと一年に六本の計算になるけれど、初めのうちはルリ子ちゃんも小さくて、子供の役のある映画しかルリ子ちゃんの出る場所もなかった。それがこの頃は十八、九歳から時には二十一、二歳くらいの役までルリ子ちゃんにまわって来て、ルリ子ちゃんの写真を『ジュニアそれいゆ』で撮りたいと思ってもなかなか空いている時間がないくらいの忙しさだ。そんな忙しさの中にもう十九本目にもなったのだろう。

「その中でどの仕事が一番愉しかった？」と聞くと、即座に、

「〝踊る太陽〟」と答える。

これは今年のお正月のペギー葉山さん、芦川いづみさん、そしてルリ子ちゃんが末っ子になった三人姉妹の話で、観ていてもたのしいミュージカル映画だった。

ルリ子ちゃんはまたすぐ言葉をつづけて、

「だけど、一番やり甲斐のあったのは、最近の〝十七歳の抵抗〟かしら？　あれは本当の主役でしょ？　それに性格が強くてキツクて、頭が良くってっていう役で、おまけに十七歳だっていうんだから私と同い年でしょ？　だからなんだか、責任を感じちゃったんだわ」と瞳をかがやかせてみせる。

「じゃ、十七歳のジュニアを代表して責任を感じたってわけなんですね」

と聞くと、

「そう、自分も同じ十七だっていうだけに親近感を感じて……でもあの役の方がずっと大人だワ。だって、十七歳であんな事ってやれないと思うなァ」という。

僕はこの〝十七歳の抵抗〟はまだ見てないけれど、成長期の少年や少女を扱った映画というのは、十七歳の誰でもがやっていることを取りあげるよりも、十七歳のごく特殊なひとを画く方が興味深いので、どうしてもそういう画き方をすることになるから、十七歳の一般の生活が映画のようではないということになるだろう。

「どういうことなんですか、十七歳の抵抗っていうのは？」

「そうね、まァいろいろだけどお父さんにもお母さんにも抵抗するの」

「うまくいった？」と聞いたら、

「ええ、撮影の途中でね、今まで撮った所を映写して皆がそれを見るんですよ。そんなの見てたらわりにいいように思ってたんだけど、全部出来上ってみたらあんまり……音楽も何も入ってちゃんとしたら感じが出るのかしら？」

と考え込むような瞳の色だ。

それにしても、ルリ子ちゃんは、〝緑はるかに〟のテストの時、歌を先生について習っているといっていたし、その後ちょっと歌っているのを聞いても上手だったので、

「歌の勉強している？」と聞くと、

「ゼンゼンしてない」といって「だってとっても忙しくてお稽古なんて通えないの」と瞳をパチパチさせる。

ルリ子ちゃんは声もいいし素質もあるのだから、本格的に勉強したらとてもいいのに、惜しいことだと思った。そこで、

「もちろん忙しいのはよくわかっているけれど、ルリちゃんの生活は今は忙しいがすぐひまになるというのではないんだし、本当に勉強したいのだったら今習わなかったら一生習えないことになるのだから、やっぱり忙しい中から時間を見つけていい先生についてお稽古だけはちゃんとしておいた方がいいナ」

というと、ルリ子ちゃんも、

「そうですね」とうなずいている。

「忙しいといえば、学校は？」

と聞くと、

「それがなかなか行けないの。でも今は夏休みでしょ？　私スゴク不思議なんですよ。仕事が終わってちょっとひまが出来て学校へ行こうと思うといつもお休みなんです。都合が悪いのかしら？いいのかしら？――わからないわ」といたずらっぽく笑う。

「学校へは行きたいですか？」

「ええ、撮影所のお友だちって学校のお友だちとは感じが違うでしょ？　それに学校の雰囲気だけでも欲しいわ」

「じゃ、学校にはお友だちがたくさんいる？」

「ええ、でもゼンゼン名前知らないの。先生の名前だって知らないのよ。高一の時四、五日ばかり出ただけですもの」とちょっと残念そう。

「恥ずかしい？　学校へ行くの」と聞くと
「ええ、皆が見るからイヤ」という。

「でも、制服着て学校へ行くんでしょう？」――それなら普通の学生と同じだのに――と思って聞くと、

「ええ。でも、それでも普通のひととして見てくれないの」

「じゃ、やっぱり学校でも映画のスターを見るような気持で？」

「ええ、そうね」とルリ子ちゃんは淋しそうだ。そこで、

「じゃお得意の学科は？」と聞いてみると、ルリ子ちゃんは、

「音楽と国語。国語は読むだけなんですよ。それから絵は描くだけ」

と真面目になっていうので、

「国語なら読むだけでなく書取というのもあるけれど、絵は描くより他に何があるかナ？」と笑うと、

「アラァ、描くだけで、上手じゃないっていうことなんです」

とルリ子ちゃんも笑いながらいう。

「洋裁なんかは？」

「そうね、そんなに好きじゃないのかもしれない。お料理の方が好きなんだけど……」

学校のことから仕事の方へ話を変えて、先ず、

「映画の時、役を与えられて台本をもらうでしょう？　その時台本を見て、あらかじめ演技プランのようなものを自分でたてるわけ？」と聞いてみると

「ええ、そう思って自分ではいろいろ考えるんですよ。でも結局お仕事に入ると、監督さんのイメージが大切になるでしょ？　だから自分のたてた通りの演技プランのままで進行するなんてもちろん出来なくなるの。でもやっぱり一応は自分でたててみるんですよ。だけどカメラの前に立った時

はむしろ白紙なんだと思ってます。監督の先生をおっしゃることを理解して、先生のイメージのように動くことがいいんじゃないかと考えています」とルリ子ちゃんの答えだ。

なるほど、映画の仕事というのはそういうものかもしれない。監督さんのイメージのままになるという事も本当に大切なことだろうナと思った。そこで、

「とてもカンがいいですね、ルリ子ちゃんは。監督さんのイメージのままに動くといっても、それがなかなか出来ないことなんだから、やっぱり才能があるんだなァ、ルリちゃんは」というと、

「ワァー、大変だ」とルリ子ちゃんは顔をかくしてしまった。次に、

「今の仕事をしていて、自分で一番自信のあることは何？」

と聞いてみる。ルリ子ちゃんは

「さァ、何かしら？」

と一生懸命考えていたが、やがて

「でもね、やっぱり私ね、こういうのが私の良さじゃないかしら？」

と前置きして、

「さっきおっしゃったことと同じになるんだけど、私ね、監督の先生のおっしゃることがすぐわかるつもりなんです。何かいわれると、ああ、こうこう、こういうことなんだナって、すぐ理解できる方じゃないかって思ってる、そんなところじゃないかしら？」

と遠慮がちにいう。

ということは、やっぱりルリ子ちゃんが演技をする人としてカンがいいということなのだ。〝緑はるかに〟の審査の時に、これはという優秀な少女たちには、セリフを渡して小さい芝居をしてもらった。その時ルリ子ちゃんはとてもカンが良くて芝居がうまく、審査員全員が関心してしまったものだ。そのセリフは泣きながらいうもので、難しいセリフだったが、ルリ子ちゃんがとても上手なので皆びっくりしてしまったほどだ——などと、何かにつけて、ルリ子ちゃんと初めて会った時のことが思い出される。

ところでルリ子ちゃんは女優さんでは誰が好きなのかナ、とふと思ったので、

「誰のような女優さんになりたい？」と聞くと、すぐに、

「なんていっても一番好きなのは岸恵子さん」

と大きな瞳を一層見はっていう。

「どういう所が好き？」

「全体に大好きなの」

などと聞いているうちに、そういえば、初めてルリ子ちゃんに会った時から、好きなひとは岸恵子さんといっていたっけと思い出した。

「会ったことある？」ときくと、

「ところが、ゼンゼン」

と残念そうに答えて

「岸さん、パリへいらしてしまったでしょ？　でも、パリまで追っかけて行きたいくらい好き」という。

そんなに好きなのだったら、一度でも姉妹役くらいできればよかったのにと、今から思うと残念な気がする。

また、話が変わるけれど、最近のルリ子ちゃんは〝永遠に答えず〟などで、月丘夢路さんなんかと一緒に二十歳を過ぎたような役を与えられてどう思っているか聞いてみると、

「年上の役って二、三回やったけどやっぱりダメですね。どうしても二十歳すぎた年の感じっていうのがうまく出せないんです。恰好だけは大人のように作ってみても、やっぱりうまくいかないらしいの。第一、私の声はどうしても子供っぽくって、そんな役には向かないって皆にいわれるの」

と、努力をしてもそれが報われなかった時のように、ルリ子ちゃんはガッカリしている。

だが、それは本当に無理なことなので、むしろ、実際の年よりも若い役をする方が、今までに通って来た年だからよく事柄も理解出来るのじゃないかナと僕は思う。

「一番役の上で困ったことは？」

ときくと、

「さァ」と考えて「あんまりないです。あるっていえばいろいろあるかもしれないけど、やっぱりないわ」という答えだった。

「じゃ、一番楽しいことは？」

と反対のことを聞いてみると、

「仕事で一番楽しいっていったら……そうね、若いひとが一緒に出る映画が一番楽しいわ。お仕事が早く終ったりすると、帰りに皆でどこかへ行っちゃったりして、今度の〝十七歳の抵抗〟では私と同じ年くらいのニューフェイスのひとがいっぱい出たんですよ。だからとっても楽しかった」

と、いかにも晴れ晴れとした顔をして話してくれたのに、急にその顔をくもらせて、

「やっぱり仕事しているのだから、イヤなこともいろいろあって、やめたくなることだってあるワ」という。

それはたしかにそうだろうと僕は思った。映画界というのは大人の住む世界だし、大人だったらいやなことにぶつかっても、それを突き進んでいけるだろう。だがルリ子ちゃんのように、普通だったら学校で机に向って勉強したり、友だちと遊んだりしている年頃で大人の中に入って仕事したら、いやなこともあるのは当然のことだ。それでもいつも明るくしているルリ子ちゃんを、とてもいじらしく思った。ルリ子ちゃんがやめたくなるというのも、やっぱりまわりに同じ年頃のひとがいないからなのだろう。

ここらでルリ子ちゃんの家庭のことを少し聞いてみようと思って、

「姉妹、仲はいいんですか?」

というと、

「喧嘩はしないわ。男の兄弟はいないの。女ばっかり。家中で男は父だけなのよ。私、お兄さんが

いればいいと思うわ。それからお友だちだったら同じ十七だから雅彦ちゃん（津川雅彦さん）みたいなひとがいいけど、お兄さんだったら裕ちゃん（石原裕次郎さん）みたいなお兄さんがいいナ。ちょっといかれちゃったみたいで、可愛がってくれて……」といって瞳を輝かせる。そして言葉をつづけて
「あのね、私、家へ帰っても一人ぼっちなの。そりゃあ、お姉さんも妹もいるけど、映画会社の中のことって誰も知らないし……だから仕事のことやなんか誰にも相談が出来ないの。私、長門さん（長門裕之さん――お父さまは沢村国太郎さん、弟さんが津川雅彦さん、お母さまも映画出身という御一家）の所なんてとても羨ましいと思うわ」とちょっと笑ってみせたが、なんだか瞳の奥が淋しそうなルリ子ちゃんだ。
「でも、お父さんはお仕事の時でもいつもルリちゃんと一緒で、撮影所の中の生活もよくわかっているんでしょう？　だから、お父さんだったらわかってくれるんじゃない？」と聞くと
「ワァー、そんなの。だってお父さんだったらなんにも相談出来ないわ。テレクサイノヨ、そんなの、それならまだお姉さんの方がいいわ」
　というので、
「でも、やっぱり一番親身になってルリ子ちゃんのことを考えてくれる人はお父さんじゃないかナ。そりゃあ、ルリちゃんがテレクサイってわけもわかるけど、だけど、親と子が何でも話し合えたら、とてもいいと思うけど」というと、

「そうね、本当にそう、だけど私はテレクサイわ」とルリ子ちゃんはなかなか譲らない。そして、

「だからね、私、いづみちゃん（芦川いづみさん）なんかによくいろんなこと相談するんです。いづみちゃんて、スゴク親身になって考えてくれるから大好き。相談するのはたいていいづみちゃんなの」

と嬉しそうにいう。

「それじゃあ、いづみちゃんがお姉さんだナ。じゃあ、撮影所にはお兄さんもお姉さんもいるからしあわせだナ」と僕も嬉しく思った。

そんなルリ子ちゃんは、仕事がお休みで家にいる時はどんなことをしているのかと思って聞いてみると、

「そうね、なんとなく――」

としばらく考える風だったが、

「自分のものをいろいろ出してみたり、洋服をかけかえてみたり……」

というそれだけのことを聞いても、仕事が忙がしいルリ子ちゃんが、家では何をするということでもなく過しているのがよくわかったような気がした。

また仕事に話を戻して、

「誰の相手役が一番しやすい？」

と聞くと、

「長門さんなんか、一番いいですね。〝愛情〟から時々一緒にしますけど」といって、

「一番恥ずかしかったのは〝愛情〟の時はじめて大人みたいなことをしちゃったこと。恥ずかしかったワ。それに初めてのロケーションだったでしょう？」というので、

「ロケーションで、人が沢山見ている中で撮影されるの恥ずかしくない？」と聞くと、

「もう今は恥ずかしくないの。でもはじめのうちはとても恥ずかしかった」とルリ子ちゃんは笑っていた。

　そして、

「あのね、撮影所でね、今まで私、子供で人と人との感情なんてよくわからなかったの。このごろ大きくなって少しわかって来たら、とても難しくて逆にどうしていいかわからなくなっちゃった。いろんなことに疑問を持っちゃうの」

　とポツンといい出した。

　本当に大人になる前にこうした社会の中におかれるのは大変なことだと、ルリ子ちゃんの言葉を聞いて僕もしみじみと思った。

「女学生がいっぱい肩を組んで通っているのなんか見ると羨ましくて」

　というルリ子ちゃんの言葉は本当にそうだろうナと思う。

「しかし、その道に入った以上は、そういう難しいことは、いずれは経験しなければならないんだし、ルリ子ちゃんの場合は、他のひとより早く馴れる事なんだから、それはそれでいいんだという

風に考えて、とにかく悪く馴れてしまわないように、十七歳の清潔な感情を失なわないように……」僕は心からそう思って言うと、ルリ子ちゃんは、その言葉をかみしめるようにして、「そうね」と深くうなずくのが、いかにも素直で可愛い。

そこで話題をかえて、

「ルリちゃんは何色が好きなの?」

と聞くと、すぐに、

「ピンクと水色」と答えた。

「着るもののことなんか、みんな自分で考えている?」

「そう、着るもののこといろいろ考えるの大好き、それがとっても楽しみなんです」ととても晴れやかな顔をしてみせた。

「映画で着た衣装の中で、特に気にいったのあった?」

とたずねてみると、

「さあ、それはあんまり……」

と可愛い真白な歯を見せて笑う。

ルリ子ちゃんは、急に話題をかえると、

「私、〝若草物語〟がやりたくてしかたがないの、私だったら、やっぱりエイミーをやるのが一番いいんでしょうね。でも、ベスなんかも可愛いし――。けれども、私、本当は性格の強い役もやっ

てみたいの。だから、ジョーの役なんかも、とっても魅力だわ」というので、

「じゃ、今までルリちゃんのやった役は、可愛い感じのものばかりだから、その型を破って、もっと別な性格の強いのをやりたい？」

　というと、

「そんな悩みはありません。ただ、今までより一つ前進した役っていうのをつかみたいという気持はあるんだけれども――」と言葉を切った。

　そして、また続けて、

「私なんか、今までの感じから、どうしても可愛い役になってしまうんでしょうけど、そんな役は女優としてはあまり問題にならないんですね」と考え深げにいう。

「話は別なんですが、今度の〝十七歳の抵抗〟で私が心配しているのは、映画を見て役と私自身をごっちゃにする人がいやしないかと思って……」と心配そうにいうので、

「そんなファンレターで困ったことがありますか？」と聞いてみると、

「ええ、とっても。ほんとうの私と役の人物とごっちゃにしているんです。それから誰さんとは絶対に一緒に出ないでくれ、なんていうのもあって。まるで相手役だって、私が自分で決めてるみたいに思っているのネ。そんなのとっても困っちゃうの」とちょっと眉をひそめる。僕は、

「そういえば僕もそんな話をよく聞きますよ。いつも悪役ばかりやっている俳優さんのところに『あなたみたいにひどい人を知りません。社会の害毒です』なんていうのが来るかと思えば、偶然

真面目な役をした人のところには『あなたという方の立派さに、深く心を打たれました』っていうのが来たりするんだそうですよ。見てるうちに、役と、その役をやった俳優さんとを混同してしまうんですね」というようなことで話が弾み、二人で大笑いをしてしまった。

ルリ子ちゃんはこんな話もしてくれた。

「いつかね、皆と五、六人で電車に乗ったの。そしたら女学生が二人『ルリ子さんじゃありませんか?』ってサイン帳を持って来たのよ。電車の中だし、皆に注目されたりするのもいやだなあと思っていたら、一緒にいた武藤ちゃん(武藤章生さん)が『いいえ、違いますよ。この人はとても似ているらしくて、まちがわれることがよくあるんですけどね』って言ったんです。そしたら『歯並びなんかとっても似ているから、ルリ子さんに違いないと思ったんですけど……』ってモジモジしてたんだけど、そのうちにあきらめて自分の席に帰っていったの。私ね、せっかく来て下さったのに、サインもしてあげられなかったし、何だか急に、とっても淋しくなっちゃった。

変なんですよ、街を歩いていて皆に見られると、何一つ思うようにふるまえなくて困っちゃうし、かといって、だあれも気がついてくれなかったら、また淋しくなっちゃう。矛盾してるみたいだけど、本当なの。何だかむずかしいわね」と、首をかしげて困った顔をしてみせた。

僕は話しているうちに、三年の月日の間に、ルリ子ちゃんが、いろんなことを考え、ふつうのジュニアにはないような沢山の体験をして、いろんなところを通りながら、ちっとも悪く染まらないで、すこやかに成長していることがとても嬉しくて、今後もそうであってくれればいい、そして、

「しあわせな明日」を迎えてくれればいいと、心から願わずにはいられなかった。

（『ジュニアそれいゆ』一九五七年九月号掲載）

# 雅彦くんと二時間

## ——津川雅彦くんと

**津川雅彦**——父は沢村国太郎、母はマキノ智子、兄に長門裕之、叔父に加東大介、叔母に沢村貞子、母方の叔父は映画監督マキノ雅弘、また叔母は轟夕起子という芸能一家に生まれる。十六歳の時に映画〝狂った果実〟でデビューし、美青年俳優として人気を誇った。現在に至るまで幅広い役柄でベテランの演技派俳優として活躍している。また近年はマキノ雅彦名義で映画監督としてもデビューし、旺盛な活動を展開している。

秋の弱い日射しの中で緑葉が少しずつ色づいて秋の深まってゆくのを感じさせられる頃に急に冬将軍が襲って来たような、そんな冬も間近なある日。つるべ落しに急に暮れてゆく秋の空は、約束の時間の六時頃になるともう完全に暗く、街を彩っているネオンの光だけが勢いよく、広告塔をかけのぼっていったり、明滅したりしている。そんな夜景に見いって僕は津川君を約束の場所で待っていた。やがて、

「遅くなってすみません！」

という声と一緒に、眼をきらきらと輝かせた長身の津川君が現われた。

「仕事で時間がずれそうだったので先生のところにお電話したんですけど、もうお出になった後だったんです。本当にお待たせしちゃってすみません！」といかにも恐縮したような恰好で僕に詫びる。そして、

「本当に悪いな、お寒かったでしょう？　今晩は特に寒いんだもの――」

と、きちんと挨拶をする様子に礼儀の正しさのようなものが見えて、津川君の性格の一端を見たような気がした。

今夜の津川君は『白』という印象で、白にしぶい水色とにごったローズ色の縞があるセーターの上に、ふわふわとやわらかいメルトンのような地合の純白の短かいコートを着ている。この白を主体にした淡い色の調子の服装が、長身ではあるが繊細で華奢な印象の津川君にぴったりだった。

「そんな恰好の津川君とてもいいな。色は淡い色が好き？」と、先ず、津川君の服装の好みから尋

ねてみた。

「ええ、僕の感じは派手なんだそうですね。だから街を歩く時はなるべく目立たない様に地味にしようと、意識的になっちゃうんですよ。でも白とか水色なんかすごく好きなんです。スタイルは背広なんかちゃんと着るより、今みたいな方が好きだなァ」

といいながら白いコートの裾をひっぱって、

「あのね、僕ね、〝ホワイトスポーツコートとピンクのカーネーション〟っていう歌があるでしょう。あの歌が好きで、聴いたとたんにこのコート作る気になっちゃったんです」

といかにも自分が思った通りのことをやっちゃったといったようないたずらっぽい、満足気な顔をする。

「じゃあ、そのコートを着た時には、いつもピンクのカーネーションを持つといい」と僕がいったら、

「まさか」と笑って
「でも白って、僕、ほんとうに好きだナ」と目を輝かす。

『白』という色につつまれた今夜の津川君は、いつもよりずっと明るい印象で、さえざえとした清潔な若さにあふれている。

「白がすごく似合うから、津川君はいつでも白い色が着るもののどこかに使われていて、いつ見ても『白』って印象だ、なんていうのもちょっとステキだナ」と、僕がいうと

「ええ、白が好きだから、つい白のものが多くなって、他にも白いのはいろいろと持っているんです」

そんなことをいいながら、淡いグレイのズボンをつまんでみせて、

「ズボンも真白の方がいいのかな？　そして、水色のセーターかなんか中に着ちゃって――」

「それにちょっと赤か黒かをどこかに使うといいな」と、僕もつい言葉をはさむ。

「それじゃあ、ネッカチーフを赤か黒にしようかな」

と、それを着た時の自分をちょっと頭に浮べて見るように首を傾げて遠くを見るような目つきをする。

そこで、

「赤か真黒かの線をセーターの衿の端にほんのちょっとだけスーッと編み込んだらどうかな？」

と僕が心に描いた津川雅彦スタイルをちょっぴりもらすと、

「あッ！　それがいい、断然それだ、素敵ですねェ――」

と、断然そうするのだといった表情でちょっと張切って見せる。

僕も今目の前で見ている清潔そのもののような津川君が、上手に『白』を着こなして、高雅なおしゃれを楽しんでいるところを想像して楽しい気分になってしまった。

いきなり、おしゃれのはなしで話がはずんでしまったが、この間、といっても二か月前になるけれど、津川君が日活を辞めて、学業に専心するというニュースが新聞で報道されていたので、それ

がその後どんな風になっているのか、また、その事についての津川君の本当の気持も聞きたかったので、

「映画から身を退きたいというニュースがあったけど、あれは本当？」

　と尋ねてみたら、

「ええ、そうなんです。あれにはいろいろといきさつがあって、あの時は僕ノイローゼ気味になっていたんです」

「ああそう。だけどそのいきさつってのは？」

「ええ、だってみんな若い人は学校へ行って一生懸命勉強にはげんでいるでしょう。やっぱり僕らの年頃には、学校へ行かなければウソだ！　という気が僕にはいつでもあるんです。でも現実としては仕事が僕にはあるんだし、その仕事と学校の両方を満足にやり遂げることは無理な状態なんです。だから、せめて高校を卒《お》えるまでは仕事の方を止めるべきだ、と思って――」と、真面目な口調で語る。

　そんな津川君は、黒い詰襟の学生服をきちんと着た清々しい高校生という印象が強い。

　そして言葉をついで、

「それに僕は今までに、仕事と学校のことで度々ゴタゴタしているでしょう」と、ほんとうに「困った」といった表情で眉をひそめてみせる。

「ほう、それは知らなかったけど、どんな風に？」

「ずっと小さい頃にも僕は子役で映画にはずいぶん出てたんだけど、小学校にあがってからはしばらく休んでいたんです。それが中学校の頃に大映の〝山椒太夫〟に出てくれっていわれて、その時初めは断ったんです。だけど父が『溝口先生の作品だから……』という事になって承知して出たんです。厨子王の少年時代の役にね——。それが撮影がだんだんのびちゃって出席日数が足りなくなっちゃったんで、先ずその時に学校と何かちょっとゴタゴタしたんです。それから、今度は高校を早稲田学院に入ってから、〝狂った果実〟ではじめて日活の仕事をしたんですが、〝夏の嵐〟をすぐに続けて撮ったもので、また学校ともめて——」

と言葉をちょっと切って、

「それに日活と一年に四本撮る契約したでしょう。学校からは『年四本も出るのでは、俳優生活が主になって学生生活が従になってしまう。それでは学生としての本分からはずれてしまうから何とかならないか』といって来るんで、あの時は本当に僕つらかったなァ。結局、早稲田は退学しちゃって、今度は明治の附属に入ったわけなんです。ところが明治は会社で世話してもらったので『学校へ行かなければならないから』というと、『それは会社の方でちゃんとしておくから』といわれちゃって、全然思うように行けないんです。それで、この春『来年は必ず出るから』っていうことにして二年にあげてもらったんだけど、二年になっても同じ。ついに明治には一日も行かないもんですから、学校の先生にもとっても悪くって……それで一学期で退学させてもらったんです。結局映画の仕事をしている限りは、学校へは行けないのだっていうことがわかったので、父に相談するより、自分のことだから自分で、と思って独断で辞表を出したっていうわけなんです」

僕は津川君の辞表提出までのいきさつを今聞いて、同じ年頃の普通のジュニアとは全く違った立場をもっている津川君が、自分の生活を自分で切開いて行こうと健気にも努力していることを知って、何か涙ぐましい気がした。

学校生活とか学業とかいうようなことに自分の生活をおきたいと願う津川君の旺盛な知識欲や情熱がとっても僕にはよくわかるし、一生をかける仕事の大切さも考えた上で、その間に板ばさみになって苦しむということもよくわかるので、なんだか僕まで胸がいたむような気がした。そこで、「あ、そんなことがあったんですか、でも学校とごたごたしたっていうのはどんな風に？」とたずねると、

「それがね、〃狂った果実〃の時は学校から許可をもらっていたからよかったんですけど、〃夏の嵐〃はちょうど夏休みに入った時だったので、会社の方から学校に断ってくれるということになっていたのに、何ともいってくれなかったらしいんです。そのため学校から『最初の〃狂った果実〃の方は確かに了承したが、〃夏の嵐〃は学校としては知らない』っていうんですね。そして『黙って出るとは何事だ』って叱られちゃったんです。結局明治に入ってからは学校に籍があるというだけだったし――」

と、そんな風になってしまったのがいかにも残念だという表情で、いつもきらきらと輝いている黒いあの瞳をちょっと曇らせた。

夏休みとか冬休みとか、そんな長い休みを中心にして撮影して、出席日数が足りなくならない程度に学校へ行ける、そんな風には出来ないのか――石浜朗君の場合は、中学の頃にデビューして、大学を卒えるまで、割合うまくやって行けたのじゃあないかと、そんなことも思い出したりして、

「学校も、夏休みの他に、冬にも春にもまとまった休みはあるんだから、高校を出るくらいまでは、会社でそれをうまく使用してくれればいいんじゃあないかな」といったら、

「僕も最初はそういうことで契約したんだけど、それも現実にはとってもむずかしいことなんですね。また、学校が休みになると仕事がなくなっちゃって、学校の休みが終ったとたん仕事が始まるなんていうことが、まるでわざとそうしたみたいに皮肉に重なっちゃうんですよ。でもね、学校へ行っている俳優はみんな出席日数で悩んでいますね。ルリちゃんだってそうだし、青山君もね――」


本当にむずかしい問題だと思う。たしかに学校生活というものは、大人になってからやろうといってても後になってはやれないのだから、高校生である今、学業に専念しようと決心した津川君の態度は立派なことだと思う。けれど、津川君のように、すでに立派に仕事をしている場合には、必ずしも、仕事を捨てて学校生活だけをちゃんとやることがいいのかどうか、また、学校は立派な仕事ができる人間になるために行くのだという考え方をすれば、現在立派に仕事をしている津川君には、学校という場所を借りなくても、いろいろな形で大人の世界の中で勉強はできるかもしれないだろうし、教養だって身につけることもできるはずだ。だから、津川君にとっては将来を左右する大切

な分岐点に立ったような気持がして、居ても立ってもいられない心境なのだろうと、そんな風に考えながら、

「むずかしいことですね。お父さんとしても、津川君が今いちばん俳優として伸びている時だから、仕事中心にして考えれば、今映画の仕事を止めさせたくないとも考えられるのでしょうね」

と、僕も頭をひねってしまった。

「ええ、そうなんです。父なんかは『役者というものはその年齢によってその役を演ずるのだから、会社がお前を必要としているのは今のお前なんだ。二年後、三年後のお前を必ずしも必要かどうかはわからないんだ。だから、今から十年間を仕事の上でブランクにして、さあ、学校を卒業しましたからどうぞ、という時に会社がお前をどんな風に迎えるか、そこをよく考えてみろ』というのです。それは仕事を中心にして考えるか、学校を中心にして考えるかということで——。ずっと先の事を考えると、今仕事をこのまま続けていった方がいいのではないかということもわからないことはないのだけれど」

「じゃあ、学校の方はあきらめた？」

「そうじゃあないんです。ただね、僕が辞表を出したでしょう。そしたら意外に反響が大きくって、中野高校（明治の附属校、津川君が先学期まで籍をおいていた学校）の校長先生から『君はあまり学校生活にこだわりすぎている。君は将来俳優になるのだろう。学校はその立派な俳優になるために経てゆく過程のひとつにあるものなんだよ。目的と過程とを逆にして考えてはいけない』という

ような手紙を頂いたんです。その時まで僕は、学校の先生だけは僕の考えに賛成してくれる味方だとばっかり思っていたのに、この先生からの手紙は大きなショックでしたね。『それじゃあ、僕の考え方は正しくなかったのかなあ――』って思えたりして、何かよりどころがなくなったみたいな淋しい気持がしました。でもね、学校のあの雰囲気が何ともいえないくらい僕にはなつかしいんです。早稲田時代わずか一学期だったけど、あんまり楽しかったせいかもしれない、あんな学生生活をもう一度味わわせて欲しいと思っちゃうんです」

津川君は、映画に入らなかった頃の学生としてだけの生活を懐しむような、そしてその生活に訣別しないで、今の生活を続けられたらどんなに素晴らしいジュニア時代を持てるだろうかといった様子をありありと見せて言葉を切った。その津川君の表情を見ていると僕は何とかして津川君の望んでいるような生活が、仕事と両立していながら出来るような方法がないものかと考えて、何だか淋しいような悲しいような気持になってしまった。「それで津川君は、これからどうすればいいんだろうな」と、僕も自分の事のように考えてしまったのだ。

「僕があまり学校学校っていうでしょう。そして今の仕事も去るに去れない状態なので、全部を一応叔父さん（加東大介さん）にまかせた形になっているのです。僕は目下浪人中ですよ」と今の心境を語る。

本当にすべてを、叔父さんに今後まかせるという心境になるまで津川君は大変な苦しみを味わったのだろうと、津川君の心の成長に伴った痛い傷口を見せられたようなふびんさを感じたものだ。

と急に津川君は、

「でもね、この問題でつくづく大人の世界っていうのはわからないと思っちゃった。だって、『お父さん、僕のこの考え方間違っていますか』というと『いや間違ってない』というんですね。『それじゃあ僕の考えた通りにさせてくれればいいのに……そうはさせてくれないでしょう。みんなが僕を未成年者だからと思っているんだけど、成年になったら思う通りにしてやるんだ』とつい、いいたくなっちゃう」

と、いって憤懣やる方ないといった感じをちらッと見せたが、すぐにそのことはもう割り切ったんだからというように、この話題に入ってから初めて明るく声を立てて笑ったので、

「だけど津川君、今はそう考えていても君がほんとうに成年になった時はやはり、いろいろと考えてしまって、そんな今考えているように思う通りの事をするなんてとても出来なくなっちゃうんじゃないかな、さっき津川君は『大人の世界ってわからない』っていったけど、ほんとうに大人の世界ってそんなに簡単には割り切れるものじゃあないから……」というと、

「そうかも知れませんね」と、案外素直に認めて、いつものような可愛い微笑を口許に浮べて笑っていた。

今日はこの津川君の学校問題にからんで、学生の生活だけではなくて、もうすでに大人の世界で生活している津川君に、大人の世界に対しての疑問のようなものがあるかどうかを聞こうと思っていたのに、何か先を越されていわれてしまったような結果になってしまったようだ。

　こんな風にして学校の話が一応落ついたような塩梅なので僕も幾分ほっとしながら、長門君と津川君の仲よしぶりにたまたま接していて、かねてからほほえましく思っていたので、そんな兄弟の仲よしぶりを聞いてみることにした。

「長門君とは仲がいい？」

「いやあちょいちょい喧嘩もします」

「じゃあ、喧嘩はどんなことから」

『俺のネクタイ黙ってしたじゃないか』とか『靴下貸してくれ』『いやだ』とかいうようなつまらないことですネ。兄貴は割合神経質なんです。僕はオットリしている方なんだけど――。でも、中学まではいつも兄貴を頼りにしていました。今度の学校の問題では『俺は学校を出たからお前に学校へ行くなっていうようなことはいえない――。今の俺としてはお父さんの意見に賛成だけど、お前の好きなようにしてもどうということも出来ない』なんていっているんです」

「ほう！　それで喧嘩するって、摑み合いのけんかなんかも？」

「ええ、今でもやりますよ、時々」

　と、明るく笑って
「でも止めに入るお父さんやお母さんが息を切らしてしまうんです。心配しちゃって――。だからお父さんやお母さんの前ではやらないっていう協定条約が自然に結ばれていて、陰で相当派手にやっちゃうんです。結局は僕が負けてしまうけどね。気分的に――」

「へえ、弟としての気分でね」

「そうですね。やっぱり弟なんだから勝っちゃいけない、っていうような先入観念があるからなんです」

「お姉さん達とは？」

「姉さんとはずいぶん年が違うんだけど、でも口喧嘩くらいです。妹とはこの頃お互いに忙しくって会わないから——。昔は兄弟喧嘩は全部僕が引受けていたんです。喧嘩していたら僕だっていう具合に——」

なんて、沢村家の次男坊、津川君の面目が躍如としたところをきかせてくれた。

でも今では、みんなそれぞれ映画の仕事を持っているので一週間くらい会わないのがザラだそうで、家の廊下で会うと「オウ！　しばらく」とかなんとか、まるで学校の友だちに久し振りに会ったような言葉をかけてしまうそうだ。

そんなに忙しい毎日の中、家でゆっくり休むのは一か月どのくらいなのかとたずねてみると、

「そうだなァ——自分の時間はまあ無いといった感じです。完全に休めるのは一月の中に二、三日くらいかしら」との返事。

「それじゃあ、一番ほしいものは時間じゃあないかナ」と、たずねると、

「それはもう——。休みといっても雑誌の仕事なんかあって、丸々休めることは少ないですからね。だけど、雑誌の仕事とか、放送などの仕事はやっている時楽しいですね。いろんな人に会って、気

持が軽くって、それに変化に富んでいるでしょう。だからつい引受けちゃったりしてね」

「仕事をしていない時、思い切りやってみたいと思うことっていえば何だろう?」

「そうですね、寝ていてもつまらないですからね。自分の時間なんてなかなかないのに、寝てるなんて、もったいなくて。それに不思議に仕事がない時は、目が早く覚めてしまうんです。それからいつでもサインが溜っているでしょう。だから休みの時でもそれだけが仕事のような気がして——。ハイ・ファイなどでよいレコード聴いてサインするのがまあいっぱいですね。僕の家は外からよく見えるんです。だから家にいるとファンの人がよく中をのぞくんです。街なんかで見られる時は、見られるって覚悟しているので仕方がないと思っちゃうんだけど、家で休息している時に見られるっていうのはとてもわずらわしくて、全くまいっちゃう。いつもどこかで見られているような気がして、家の中にいても、おちおちしていられないんです」

といかにも「困っちゃう」といった口調だった。

「ハイ・ファイっていえば、今レコードをたくさん集めてるんですってね。どんなものが好き?」

と津川君のコレクションについて少しばかり聞きはじめると、

「兄貴ははげしいものが好きで、僕はムード。この間数えたら八十枚くらいでした。二人で合わすと一五〇枚くらいためたんじゃないかなァ、僕ね、小さい時から何か集めるのが好きで、何でも僕が先に集めだすんです。あとで兄貴が加わって来てね。一番初めはメンコ」といったので、「へエー」と思わず僕は笑ってしまった。

今、僕が目の前で見ている長身の美少年にも、かつてはメンコを集めていたような幼年時代があったのだ。

「その次はビー玉のきれいなのばかり集めて、それから、プロ野球の選手の写真なんです。そしてそれを部屋中にべたべた貼ったりして喜んでいたんです」と写真をべたべた貼る手振りをして見せて、

「それからマッチ、これは兄貴が先に集めて、僕も中学へ行ってから加わったんです。だって、マッチはやはり大学生じゃないとなかなか集まらないし、喫茶店で集めるんだから資本が大変でしょう。これは兄貴にはとてもかなわなかったナ。それでマッチから、これも中学の時『切手の研究会』があってみんなが持ち寄ったので、切手を集めだしたんです。そしたら、ファンの人が、僕が切手を集めてるっていうので、すごく送ってくれるんです。あんまりたくさん送ってくれるのでおしまいには整理がつかなくなって、今度はLPを集めだしたわけなんです。これが一番最近です」

というこことだった。そこでまた話題を変えて、

「津川君ははじめは映画俳優になるつもりはなかったって、いつかお父さんから伺ったんだけど」

と、尋ねてみると、

「何しろまわりがみんな役者とか、映画関係の人ばかりだから、僕一人ぐらい変ったのになってもいいだろうと思ってたんですが――でもお父さんは初めから僕を俳優にさせるつもりだったらしいですね」

「それで、今では俳優になってよかったと思っている？」

「今はやっぱり俳優になってよかったと思います。やっていて自分でやりがいがあるから――。キャメラの前に立って、これがどういう風に出るかということを考えると楽しいですね」

「日活に入ってどのくらいになる？」

「一年とちょっと――八本くらい出ているかな」

「映画の仕事をしていて、お母さんに感謝したなんていうことない？」

「ええ、そうだなァ、いろいろあるけれどあんまりあって、それが当り前みたいになっちゃうんだナ」と、頭をかしげながら、

「兄貴と僕は同じような感じをまわりから与えられているでしょう。役も両方共同じようなものだし、だから、僕たちは二人は仲がいいつもりでちっとも気にしないんですが、僕たちの仕事のことなんかお互の耳に入らないように、すごく気をつかってくれてるんだなあ、ってことがこの頃僕にもわかるんです。何だか余計な苦労をかけちゃって悪いような気がする――」

と、いう津川君のしみじみとした口調に、僕たちの居る部屋は、瞬間ほろりとした空気に満ちた。

「今まではお兄さんと一緒の会社にいたということは、いろいろな意味でよかったんだと思うんですね。だが将来は？」

と、これからの津川君の仕事上の話に話題を変えてゆく。

「同じ所に父や兄貴がいるということは、ほんとうに幸せだったと思います。それで今までは気持

が安定していたんだけど、これから先のことは、どうなってゆくか今の僕にはわかりません」

「でも映画の仕事をしてゆく上には非常にいい環境にあったわけでしょう。お父さんもお母さんも一家中全員がそれに関係しているのだから」

と、仕事の理解者が多い中で育って来た津川君の俳優になるための環境を、かつてルリ子ちゃんか誰かがとても羨しがっていたことを思い出していってみると、

「その点僕は幸せだと思っています」

と、はっきりいって
「〝狂った果実〟の時なんか、兄貴や父がいなければ、とてもあれだけ出来なかったと思っているんです」と素直な口振りでそういった。

「じゃあお父さんやお兄さんと一緒に芝居するって恥ずかしくない？　僕だったらやっぱりてれくさいな」

「そうですね！　そんなに恥ずかしいってこともないですね。兄貴の前で芝居するのなんかは平気ですけど、父と一緒の時は何か監視されているみたいで、ビクビクしちゃう。とにかく一本撮ると、父も兄貴も、叔母さん（沢村貞子さん）も観てくれるでしょう。そして『あそこはもう少しこうやるべきだった』とか『いつもあんな風に出来たらいいね』なんていってくれるんで、僕の場合はとても勉強になります」

「そうですね。とにかく津川君の一家はみんなそういう仕事をしているのだから、批評も適切なの

が沢山あるでしょうね」

　といってから、お父さまはいうまでもなく沢村国太郎さんで、お母様はずっと古い映画スターの牧野輝子さん、叔母さまには沢村貞子さん、叔父さまは加東大介さん、それにお母さま方では、東映の製作専務をしていらっしゃる牧野光雄さん、監督のマキノ雅弘さん、その他にもまだまだ映画関係の方が多いのに、歌手の宝とも子さんまでもやはり縁続きだとか、「ヘエー、それみんな御親戚なんですか」と、あまりたくさんの映画人の名前があがったので、僕は全くおどろいてしまった。

「御一家で、映画を作れますね。独立プロダクションでも作って――」

　と笑いながらいうと、

「でも、どうかナ、主役を誰がやるかなんてみんなでもめるだろうなァ」と、映画製作にてんやわんやになっているところなどを、ふと想像したのだろう、津川君はおかしくてたまらないといった風に明るく笑った。そして、

「でも、スタッフの人も親戚にいるのだから、出来ないことはないですね」

と、今度は真面目そうな顔をして「独立プロダクション」の顔触れを想像しているような様子。

「芝居なんかに出たいとは思わない？」

「芝居？　出たくて仕方がないのだけど、時間がねェー。僕小さい時に父が『新劇座』かなにか作った時に一緒に子役で出たことがあるんです。女形なんかやらされたりして、九州なんかにいってね――」と、楽しい思い出話に御機嫌だった。

「小さい時から映画にも舞台にも慣れているんだから、津川君にとってはじめての大役だった〝狂った果実〟の時、キャメラが恐くなかったでしょうね」

「ええ、別に恐くはなかったんですが……」と、当時のことをたぐりよせる表情。

「それじゃあ、今まで撮った映画の中で一番好きだったのは？」

「〝今日のいのち〟だな。〝狂った果実〟も好きだったけど――。やっぱり結果をみて、よかったと思うのが好きになってしまうのですね」

「好きだったということと、やり甲斐があったということと違うわけかナ」

「ええ、違いますね。〝夏の嵐〟は役としてはよかったというか好きだったんだけど、結果は良くなかったと自分では思っているんです」

「〝今日のいのち〟や〝狂った果実〟は評判がよかったね」

「ええあれはね――。でもね、〝狂った果実〟の方は、『初めての役としてはいい』というのだったんでしょうね、今考えてみると。だけど、日活の監督で井上梅次先生っているでしょう？　あの先生は〝夏の嵐〟がとてもよかったってほめてくれたんです。嬉しかったナ『〝狂った果実〟の時はそうでもなかったが、〝夏の嵐〟はいい』って――」

「そう、それはよかったですね、じゃあ他に映画に入ってから、すごく嬉しかったことは？」

「嬉しかったこと――、いつも楽しく仕事をやっているから、飛抜けて嬉しかったことって何かナ……。苦しかったことはよく覚えているけれど、嬉しかったことはねェ――」

と、どんなことがあったかなァといった風に考え込むので、

「じゃあ、逆に苦しかったことでも」というと、

「いちばん苦しかったのは〝月下の若武者〟を撮った時です。初めての時代劇でもあり、僕たち兄弟が揃って重い役だったし、その上、役の性格が僕の感じじゃあなかったもので」

「それでは、〝月下の若武者〟も忘れられない作品ですね」

「ええ、それはもう――」

「時代劇は好きですか」

「好きですね」と答えて、

「時代劇の仕事が終ると、何か撮影をしたッ、というような気がします」

ということだった。

「日活では誰と仲がいい？」

「岡田真澄さん、それから芦川いづみさん、浅丘ルリ子ちゃんなんかと、やはり一番仲がいいですね。撮影所でしょっちゅう騒いでいます。岡田さんとはすごく気が合うんですよ。岡田さんの方がお兄さんだから、気が合うなんていうと変だけど――」

こんないろいろなことを聞いている中に、ふとさっき、お母さんに感謝した話は聞いたけど、お父さんのことはまだ聞かなかったので、

「お父さんに感謝したことはない？　さっきお母さんの優しい心遣いのことはうかがったけれど

――」と、たずねると、

「お父さんにねェー」とまた考え込む様子をして、

「感謝のし通しで、何を取りあげていいのか」と、笑いながら、

「いちばん最近では、僕が学校のことで辞表を日活へ出した時、父には全然内緒で出したものですから、それを知った時は父の立場もなくなったわけですね。『会社に対して申訳ない』といってすごく僕は怒られたんです。ところが、その事で新聞記者会見があった時、『会社に対して非常に申訳ないけれども、私には会社よりも息子が可愛いから、このことについても息子を中心にして考えたい……』ってはっきりいってくれた時は、すごく嬉しかった」

と、心からその時の感謝を思い返しているようだった。

こんな話をしているとき、対談していた隣のロビーで放送しているテレビから電子音のような音が聞こえて来た。

「僕、あんな音聞くと宇宙旅行のこと考えちゃう。火星の土地が今売り出されているでしょう。何百円とかで何十ヤードとかいう広い土地が買えるっていうから、火星に別荘をもっちゃったりして、嫌なことがあったらそこにいったらどんなにいいだろうと考えちゃう」

「人工衛星が飛んだり、アメリカで月旅行の切符なんか売っているんだから、そんな夢も案外早く実現するかも知れないですよ」

「そうですね。だって僕たちが子供の時に未来の自動車が絵本に出ていたんだけど、そんなのが今

街にざらにあるんですものね」

「人間が作った星が宇宙をぐるぐるまわっているんだから、しまいには人間が人間を作ることだって出来るかもしれない」

「全部この世の中の物体は原子から出来ているんでしょう。だから、その組合せ方が見つかったら、人間なんかぽこッぽこッて出来ちゃったりしてね。中にはうっかり組合せを間違えちゃって、毛が三本足りない人間の先祖みたいなのが出来ちゃったりするね。きっと」

と、空想科学が好きな少年らしい好奇心をいっぱいみなぎらせて、そんなことを考えるのが楽しくってしょうがないなんていう様子だ。

　話が宇宙旅行にうつると、パッといきいきとした表情になって、そんな津川君は映画スターというより、模型飛行機やラジオなんかをいじって悦に入っている科学少年といった感じで、考えてみれば、津川君はまだ高校二年なのだから、映画界の中での苦労や仕事の話よりは、こんな話をしている時に本当の津川君の姿に帰るのかもしれない。

「ねェー、空気を作ったらノーベル賞もんだって、ずっと前に先生から話をきいた時、ノーベル賞がもらえるんだったら研究しようかなァって真剣に考えたことがあったんですよ。酸素だって、炭素だって今じゃあ作れるわけでしょう。それにあとひとつだけ分子が作り出せたら、空気が出来ると聞いたら、僕勇んじゃった。だってね、ちょっと、そのひとつだけ作ればいいんだもの。何とかならないものかナ――。僕は結局映画に入っちゃったからしょうがないけれど、小さい頃は科学者になりたいなって考えていたんです。希望は果せなくなっちゃったけど――」

と、そんな話になると、もう言葉の調子もすっかり変って、もうスターの津川君ではなく、やんちゃな高校二年の坊やだ。

そんな津川君を見ていると、映画の世界ではいい仕事をたくさんしてもらいたいし、また一方では、こんな明るい表情を持った雅彦君という普通の少年のままにもしておきたいという、複雑な気持になってしまった。

（『ジュニアそれいゆ』一九五七年十一月号掲載）

# 明るくてすがすがしい昌晃くん

## ——平尾昌晃くんと

**平尾昌晃**——慶應義塾高等学校在学中、日本ジャズ学校に入学し、芸能活動に入る。一九五八年に山下敬二郎、ミッキー・カーティスと共にロカビリー旋風を巻き起こす。その後作詞家・作曲家に転向後も才能を発揮し、多数のヒット曲を生み出す。平尾昌晃ミュージックスクールを創立後は多くのスターを輩出。NHK紅白歌合戦でのエンディング指揮はおなじみである。現在は音楽活動のみならず、チャリティゴルフの企画等、福祉活動にも幅広く活躍。

ここ、ほんの二、三か月の間に大きな話題となって、パッとクローズアップされたロカビリー歌手のトップ・バッター平尾君は、今、日劇の『春の踊り』に出演中だ。

その出演の合間に、お昼の食事を一緒にしながら話をしようという約束になった。

さて、その約束の時間、約束の場所へ行くと、まだ平尾君は来ていない。

「舞台が終ったら、すぐ飛んで行きます」ということだったが、やはり化粧を落したり着替えたりするのに時間がかかるのだろうナと思っていると、パッとドアが勢いよく開いて、

「遅くなって、スミマセェーン」

と大声でいいながら、元気良く平尾君が飛びこんで来た。

舞台化粧のままに黒いメガネをかけた今日の平尾君は、真白なワイシャツに真赤なV字型の衿ぐりのセーター。濃いワイン・カラーの細いズボンに真赤なベレエ、そして白い靴といういでたちだ。

「舞台終ってすぐ、着替えして飛んで来ようと思ったら、レコード会社のひとが来て、吹き込みの打ち合わせやなんかで手間どっちゃった」

そんなことをニコニコ笑いながらいう平尾君は、すごく明るく可愛くて、こっちの気持も明るくなって来る。

今、人気の絶頂で、日劇に出演中といえばその歌を聞きたいひとで日劇のまわりを二重三重にまわらせ、楽屋入口にもファンがいっぱいつめかけて、平尾君の出入りの度にキャアーッと騒がれてなかなか出入りも出来ないという風に、皆にヤイヤイいわれているひとが持ちがちの気取りなんか

も全然見られない平尾君だ。そしてまるで近所の少年がフラッと遊びに来たような可愛さと明るさだ。

さて、席についた平尾君をみると、真赤なベレエの前にはキラキラ光る大きな宝石のブローチを飾り、真赤なセーターの袖口からは、手首いっぱいに巻かれた沢山の金のくさりがのぞいている。そしてズボンの裾の方にも、小さなブローチがキラッキラッと光っている。

こんなに真赤なものを身につけてキラキラしたものを飾っているのに、それが不思議にちっともイヤミではない。

普通、このくらいの年頃で、ちょっと目立つような恰好をしただけでもイヤミでしかたがないひとが多いのに、平尾君はちっともイヤミでなく、かえって魅力のように思えるのは、本当に不思議なくらいだ。

僕がそんなことをチラッと思っていると、平尾君は席につくといきなり、

「先生に今日いい靴をお見せしようと思ったんですけどね、持って来るのを忘れちゃった」

と、ニッコリ真白な歯を見せて笑い、頭をかく。

その靴というのは、自分で形をいろいろ考えて作らせたものだそうで、金色のくさりをあしらったものだという。平尾君はいつも自分でいろいろ考えてその通りに靴を作らせるというので、「どこで作らせるの?」と聞いてみると、それは僕がいつも作らせているのと同じ店だった。

そこでフッと話をかえて平尾君は、

「間もなくこの日劇の公演が終ったら、すぐ北海道へ行くんです」

と、すごく張り切っている。そして、

「今の日劇のショウは物足りないですね。〝春の踊り〟の中のほんのちょっとした一コマにロカビリーが出るんだし、歌は三曲しか歌わないし——。僕はもっといっぱい歌いたいんですよ」ということだ。そして言葉を続けて

「今度はロカビリーだけの時と違って〝春の踊り〟の中にはいろんな歌が入っているでしょう？だからお客さまの層がロカビリーだけの時とはだいぶ違うんですよ。でも毎日良く入るもんだなァ、あれだけ」

といいながら、かぶっていたベレエをぬいでポンとテーブルの上においた。

この前僕が平尾君に会った時には、真赤なベレェの前の真中に直径五センチくらいの大きさで、ダイヤがキラキラ光っているブローチをつけて、両方の耳のあたりには、金のトカゲのブローチが留めてあった。ところが今日は真中だけに前より少し小型のが留めてあって、両脇にはつけていないので、

「ああ、両方の横のはとってしまったの？」ときくと、

「いいえ、これ、この前の帽子と違うんですよ。アレ、ステージでとられちゃったんです」

とサバサバという。ステージでとられるというのは一体どんなことなのかと聞くと、

「この間ね、僕が歌ってたらステージに飛び上って来た女の子が、いきなり持ってっちゃったんで

すよ。だからさっそくまた、これ買っちゃった」

　という。平尾君のベレエはとてもいい仕立の上等のベレエなので、こんないい、真赤なベレエはなかなか手に入らないんじゃないかな？　というと、

「ええ、やっと手に入れたんです。だから、これ取られちゃったら困っちゃうな」

　と白い歯をすがすがしくみせて笑う。そしてまた、目を輝やかせて、

「僕ね、今度地味な背広作ったんですよ。これも先生にお見せしたいな。サテンで作ったんです」

　といい出した。地味な背広ってどんな色なんだろう、平尾君はいつも背広なんかも赤が多いんじゃないかなと思って聞くと、

「ええ、赤がとっても好きなんです。それもくすんだり、濁ったりした赤だったら、赤じゃない方が好きなんです。一番あざやかな、緋のような真赤が大好きなんです」

　という。そういえば今日の帽子もセーターも、その大好きだという緋のような真赤だ。

　平尾君は言葉をつづけて、

「赤が好きで、何でも赤にしてたんだけど、此の頃ステージで赤着るひとも多くなっちゃって――。だからつまんないから、今度は何色にしようかな？」

　などという。

　だが、平尾君というひとは、真赤という強烈な目立つ色をいつも不自然でなく身につけていて、平尾君というと、まず『赤』という感じがしている。平尾君が本当に赤が好きだったら、これから

もやっぱりずっと赤で通して行った方が、見ている方も楽しいし、絶対いいんじゃないかなと僕は思う。

平尾君の着るものでもう一つ僕がいつも感じていることは、ステージでも、街なんか歩いている時でも、真赤な上着など着ていて、ステージ着とふだん着との区別というものがないようだ。それで、

「ふだん着とステージ着と、はっきり分けてないの?」と聞くと、

「ええ、あんまりわけてないんです。もちろん、これはステージ着って、はっきり分けてあるのもあるにはあるけど、大体、ステージもふだんも同じのを着ちゃうな。だから、僕のことキザだなんていう人もいるらしいけど、あんまり人のいうことは気にかけないな。やりたいことは勝手にドンドンやってしまうんです」

というが、それがごく自然で明るく素直にうなずけて、ちっともイヤミでない。

やりたいことはドンドンやるというが、そういえばこの間放送局で会った時も、ピンクの上着に真赤なシャツ、ズボンは黒に近い濃い紫で、それに前に書いた真赤なベレエ。そして胸には真赤なハンカチを飾ってシャツの袖口の折り返しを上着の袖口にかぶせて豪華に光るカフスボタンをつけ、そしてブローチを上着のアチコチに、帽子にも、ズボンにもキラキラ光らせていた。

そんな、ピンクと赤などという、思いもよらないようなスゴク派手な色を使っていて、それにキラキラ光るものを、胸といわずアチコチにつけていてもちっともイヤミでない。若者の夢みたいな

ものを何も遠慮することなく、全身で表現しているのはちょっと真似の出来ないことだと感心したものだった。

話をかえて、

「学校は？　勉強は好きな方だった？」ときくと、

「英語が一番好きでした。アア、それから体操と音楽――というとあんまり勉強家じゃなかったかな？」

と、また頭をかいて笑う。どうもこの頭をかいて笑うのは平尾君の癖らしい。話題をかえて家族のことを聞いてみる。

「兄貴が二人、それにオヤジとオフクロとおばあちゃん。兄貴とはとても年が離れているんです。姉はもうお嫁に行って、家にはいません」

ということだ。

「びっくりしたでしょうね、お姉さんは――。弟がアッという間にこんな風になってしまったんだから」

というと、平尾君は、

「今まで一番末っ子の僕だけが変り者で、歌ばかりうたって、勉強なんかしないで心配かけてたから、とにかく一生懸命やります」

と、いかにも末っ子のような顔をして笑う。

「今、日劇では、楽屋は誰と一緒?」と聞くと、

「敬ちゃん(山下敬二郎さん)と岡田朝光君――。面白いですよ、仲の良いのが一緒だから」

と、平尾君は楽しそうだ。

平尾君のようにどんどん有名になって来ると、身辺がいろいろと変わってくるだろうけれど、それによって性格まで変わるようなことはないかと思って聞いてみると、

「性格ですか? ベツに変わらないですね」といってから、またすぐ、

「でも落ちついちゃった、ウンと。前はあわてん坊で何をするにもコセコセしてたんだけど、この頃は何かする時は良く考えて、それからするようになりました。やっぱり二十歳という年になると変わりますね」

と、ハハハと笑ってから、「いいたくなかったんだけどね、僕」というので、大笑いしてしまった。そこで僕が、

「何でも平尾君のすること一つ一つをまわりが注目するようになると、どうしても考えなきゃならなくなるんだろうな」というと、

「そうなんですよ。何かやっぱりいろんなことが気になって、そういうことがあるんですよ。だから何をするにも考えてしまって……」

という。

「今は自分の生活というものがだんだんなくなったんじゃない?」

「そうですね、一日中、ステージとか、インタビューとか、雑誌の写真とか、スケジュールがいっぱいつまってしまっているし――、夜になるとホッとするんです。でも夜ふかしなんかすると翌日の声にさっそく影響しますからね、夜なんて遊べませんよ僕たち。お酒を飲まないし……」

といってから、

「ああ、僕、自動車の運転がやりたいんですよ。だけど教習所へ行く時間がなくて困っちゃった」

と、つまらなそうにいう。

話題をかえて、

「歌の勉強は？」と聞くと
「前はヤタラにガムシャラに飛び上ったり、こうやったりしていた（と身振りをして）けど、最近はレコードの吹き込みのことなんかも考えると、そんなことばかりもしていられませんね。やっぱり本当に歌だけで聞かせるということを考えると、勉強の方法もいろいろ変わって来るんですね。今の目標としては、いわゆるステージで見せるということと、歌だけで聞かせるということと、半半に考えて勉強しています。レパートリーもそんな風に使い分けて考えています」

と、さすがに歌の話になると、すずしい目が一層キラキラ輝いて来る。ステージでは飛んだりはねたりして遊んでいるようにみえるけれど、やはり真剣に歌のことを考えているのだなと、思っていると、平尾君は、

「ステージでいろいろ僕身振りなんかするでしょう？　だから〝あの身振りなんか、鏡を見て練習

するんですか？〟なんて聞かれるけど、鏡なんか見たら恥ずかしくって、とても出来やしませんよ、ね。歌っている中に夢中になって、自然に身体が動いて来ちゃうんです」

というとことだ。

ところで平尾君のレパートリーの中で、一番好きな歌は何かと思って聞いてみると

「〝ダイアナ〟」とすぐに答えてから

「それからね、僕たちが作った歌があるんですよ」という。

「僕たちっていうと？」

「オール・スターズ・ワゴンの皆で作ったんです。キングレコードでもいいっていってくれたんです。感じとしては、ちょっと流行歌くさいんですけれどね、とても、可愛いんです。ジュニア向きでね」

とちょっと言葉を切ってから、思い出したように、

「その歌を使って、日活で映画作るっていうんです。この頃日活で五十五分のがあるでしょう？あれに撮るっていうんです。出来れば早くやりたいらしいんです」ということだ。

「何という題ですか？」

「〝星は何でも知っている〟っていうんです」

「まだ、歌ったことはないんですか？」と聞くと、

「日劇で一度歌ったら叱られちゃった。〝今度は西部の場面だからね〟って——。ちょっとウエス

タン調なんだけどな」

　と、イタズラっ子のように声を立てて笑う平尾君は、とても明るくて笑顔が可愛い。

部屋の中で、ポロロン、ポロロンとどこからか小さく、オルゴールが鳴り出した。どこから聞え
て来るのかと、室中を見廻してみたが何にもない。すると僕が見廻しているのを見て、

「オルゴールですか？　コレですよ」

　と、平尾君は左手をあけて見せる。と、手首に巻いたおびただしいくさりの中から、縦五センチ、
横三センチくらいの金の箱がぶらさがって、それがオルゴールなのだ。平尾君はたくさんの金のク
サリをジャラジャラと音をたてながら、

「今、敬ちゃん（山下敬二郎さん）とね、こういうの、つけっこしてるんですよ」という。

　このクサリも、あちこちにつけたブローチも全部ファンのひとたちの贈物なのだそうだ。

「この間まではね、ゼンゼン僕の方が多かったんだけど、今はちょっと敬ちゃんに負けてるかな。

お貰いが少なくなっちゃった」

　と平尾君は笑う。

「親孝行はしますか？」

　と今度は聞いてみると、

「まア、この頃は――」といって例のように笑ってから、

「お小遣いは去年の十二月から貰ってないんです。それまでは、もう、ジャカスカ」と声を立てて

笑う。

　この頃、ロカビリーというと、ファンが舞台にかけ上ったりして大変な騒ぎだということがジャーナリズムに取りあげられて、批判のまとになったり、また舞台の強烈な魅力が人気のバロメーターのようにもいわれているが、そのことについて、

「舞台に出ていて、客席の最前列の熱心なファンが舞台にかけ上って来たりするのはどうですか？」

　と聞くと、

「舞台に出ている以上、拍手が大きかったり、あんな風に大さわぎをしてくれるのは、うれしいことだっていえるんですけど、あんまりハメをはずされると、こちらもやりにくいし他のお客さまにも迷惑ですね。やっぱり飛び上って来て抱きつかれたりすると、どうも……」

　と、ちょっとテレくさそうに笑ってから、

「でも、そういうひとは、ごく一部のひとなんですけどね。それにコマ劇場なんて客席と舞台がとても近いでしょう？　まったく歌手とファンがステージでかけっこしてるみたいなんですよ。困っちゃうな」

　と、困ったような、楽しいような話だ。

　ロカビリーの歌手のひとたちは皆仲がよさそうだ、というと

「ええ、仲いいですよ。皆、前から知ってるから——。山下君もやっぱり三年くらい前からか

な？」

　ということだ。

　平尾君は慶應高校に通って、それからジャズ学校にも行っていたということを聞いていたが、

「ジャズ学校は慶應をやめてから入ったの？」と聞くと
「ええ、慶應をやめる前からチョクチョク行ってたんですけど、学校へ行ってそんなことをしているのは気がひけるんで、慶應やめちゃって、それからまた、やっぱり学校へ行った方がいいかな、なんて考えて、文化学院へ一年程行っていたんです」

　といってから、急に、

「先生、僕に少し絵を教えて頂けないかな。僕たち夏になると、アロハシャツの背中なんかに何か描くんです、マジック・インクで。でも、僕うまく描けないから、歌の文句なんか書いてるんですよ」

　といい出した。

「絵は好きなんですか？」と聞くと、

「ええ、とても好きなんです。でも僕、筆不精でしょう？　だからあんまり描かないんです」

などというので、筆不精というのは字のことで、絵の筆不精というのはあんまりないなと、大笑いしてしまった。

　話を変えて、

「お父さんにスゴく叱られたって経験はないですか？」

と聞くと、即座に、

「うちのオヤジはゼンゼンおとなしいからな。僕の方が怒っちゃうんです。僕の機嫌の悪いのは朝なんですよ。朝起きるのがイヤなんです」といってから、「それに充分寝てないからな」と一人言のようにいうので、

「何時間くらい寝るんですか？」

と聞くと、

「一応八時間ですけど」ということだ。そして、

「どうしてこう朝起きるのがつらいんだろうな。九時半に起きなきゃならない時は、九時から起こし始めてもらわないとダメなんです。〝もうちょっと〟〝もう、ちょっと〟って、まるでオフクロと喧嘩みたいなもんですよ」というので、

「じゃあ、お母さんに叱られたことは？」と聞くと、

「ところがオフクロはゼンゼンカヨワイからな」とちょっと言葉を切ってから、

「一番凄かったのはアニキに叱られた時だな。まだ小学校の頃なんですけどね、メンコってあるでしょう？　あれに凝っちゃってねえ。それで近所の悪童達に誘われてやるんですが、いくらメンコ買っても、敗けてみんなとられちゃうんですね。そうなるとお小遣いが足りなくなっちゃって――。それでアニキのお金持って来て使っちゃったら怒られてねえ――。僕はね、アニキのものじゃない

と思って使っちゃったんですよ。それがね、アニキがカメラを買うお金だったらしいんですね。庭に追い出されちゃって、一晩中家に入れてくれないんです。それで、外で寝ましたよ。朝方四時半頃、オフクロが戸をあけてくれて、アニキが許してくれたからって、やっと入れてくれたんです」

と、真白な歯を見せて明るく笑う。その笑い顔の中に残された童顔から僕は平尾君の小学生の頃がわかるような気がする。今のまま、ぐっと小さな平尾君が、家を追い出されて一晩中庭にいたというのが目に浮かんで、可愛いような可哀そうなようなそんな気持が一緒になって、思わず笑ってしまった。

このごろのように忙しくなってくると、銀座なんかを歩くということもあんまりなくなったんじゃないかと思って聞いてみると、

「前は銀座なんか歩くの、とっても好きだったんですけど、この頃は気楽に歩けなくなりました」

という。

「皆に見られるの、平気ですか？」

「前に見られていたのと、今見られるのと、違うんですね。前から僕は赤い上着なんか着てたでしょう？　だから前は『ア、赤い上着が歩いている』なんていって見られたんですね。だけど最近は『平尾昌晃が歩いてる』っていって見るんですね。中には『ロカビリーってどんなんだろう、一辺見ておこう』なんていって見るんですね。全く目のやり場に困っちゃう」

と、明るく平尾君はいう。

「スポーツは?」と聞くと、

「全部好きですね、何でも。でもラグビーなんかのように、ああいう乱暴なのは出来ないけど、見るのは大好きです。やるのはボーリング、野球、ピンポン、テニス、それに僕、ゴルフやりたいんですよ」ということだ。

「でも、ゴルフには時間が足りないでしょう? ちょっとのひまを見て、そこいらへんでやるってわけにも行かないし……。でも、仕事がちょっと切れた時に、パッと東京を離れてしまってすれば、かえっていいかも知れない」というと、

「ええ、健康的ですね」と答える。

ちょっと見たところ、平尾君はウンとやせていてあまり丈夫そうにも見えないが、健康について聞いてみると、

「そうだなあ、割合に丈夫ですね。流感なんかも家中で僕が最後にやりました。でもね、僕細いでしょう? だからボディ・ビルやって体格良くしようかな」

と、平尾君は両腕に力を入れてふりまわしてみせる。

と、また急に話をかえて、

「僕ね、今度ピンクの靴、注文しちゃったんです。今まで、赤作ったでしょう? 白作ったでしょう? 作る色がなくなっちゃったから、ピンク作ったんです。今まで、やっぱり白が一番多いですね。僕、ステージではくズボンは濃い色が多いんですよ。それには靴は白をはくのが好きなんで

す」ということだ。

それで僕も二十歳くらいから今日までずっと、淡い色の靴ばかりはいていて冬なんかでも平気で白靴をはいていたことなどを話すと、

「パット・ブーンですね」と平尾君はいう。一体何のことかと思ったらパット・ブーンはいつでも白い靴をはいているのだそうだ。

「だけど僕が二十歳の頃っていえば、パット・ブーンが生まれた頃かもしれないな」というと、

「その頃冬に白靴はいたら皆驚いたでしょう?」と平尾君はいうので、真赤なシャツにピンクの上着、真赤な帽子の平尾君よりは皆驚かなかったかもしれないといって二人で大笑いしてしまった。

そして、最近は皆も淡い色の靴をはくようになったし、冬でも白い靴が買えないなんていうことはないけれど、当時は白靴は夏はくものときまっていたので、九月ともなると靴屋の店からは白靴は全部姿を消してしまうので、冬なんか売ってなくて困った話などにしばらく花が咲いた。

すると平尾君は、

「僕はね、着るものに赤が入ってないと自分みたいじゃないんです。だから真赤な靴も何足か持ってるし、とにかく、いつでもどこかに赤を使ってるんですよ。僕が赤が好きになったのは三年くらい前からかな、とにかく赤って好きだなあ」

と一人言のようにいっていたが、

「それにしてもね」とすずしい目を輝かせて、

「九月になったら野球の試合をするんですよ」と嬉しそうにいい出した。

「相手はどこ？」と聞くと、

「ジャズ対ロカビリーか、歌謡曲対ロカビリーのね。僕はピッチャーですよ、アンダー・スローの」

　と、球を投げる恰好をしてみせる。そして、

「その前に一度、ジャズとロカビリーで試験的にやってみて、これくらいなら出来るとなったら大会をやろうというんですがね。ミッキー（ミッキー・カーティス君）なんか野球出来ないでしょう？　だから出来ないヤツには前でジャンジャンギターかなんかひかせて歌わせて、応援させるんです」と、楽しくてしょうがないといった表情で笑う。

　そんなことになったら、またまた人がいっぱい入って、今度は野球場の金網を破ってファンが球場の中になだれこんだりしたら、これこそ大変なことだなと僕はひそかに思ったのだった。

　こうして話している間、平尾君はすごく明るくていきいきとして、まわりに楽しい雰囲気をかもし出す。病的な暗さとか、変に神経質なところとか、センチメンタルなところは全然なく、それでいてドライで割切ったというようないやらしさもみじんもない。

　そしてまた、この年頃にありがちの生意気さや深刻ぶったところ、気負いこんだところもなく、サラッとした育ちの良い明るさを持っている平尾君。

　仕事や生活に対しての真面目な心がまえや態度が何かにつけて見えて、そして生活を明るく楽し

んでいる平尾君。

平尾昌晃君は、実に気持の良い青年だ。

（『ジュニアそれいゆ』一九五八年五月号掲載）

# はりきる陽介くん
## ——夏木陽介くんと

**夏木陽介**——大学在学中に中原淳一の雑誌『ジュニアそれいゆ』のモデルにスカウトされ、卒業と同時に東宝へ入社。「夏木陽介」の芸名は中原淳一の命名。〝若い獣〟で映画デビューし、若手のスターとなる。時代がテレビドラマ全盛期を迎えると、青春ドラマの教師役などで引き続き人気を博する。その後自動車ラリードライバーとしても活動し、ダカール・ラリーに出場するなど活躍。さらにラリー出場チームの監督なども務めている。

「撮影所へ入って、もう一年になるんだナ」

「ええ、ちょうど一年です」

「何本撮ったのかな？」

「八本です」

夏木君とテーブルを中に向い合ってここまで言ったら、僕は急におかしくなってニヤニヤ笑ってしまった。

と、夏木君もニヤニヤして
「イヤだなア、先生。先生と対談なんて改まると、なんだか変ですよ。イヤだなア、よしましょうよ」

と、さかんにテレている。

テレクサイのは僕も同じだ。

夏木陽介君がまだ映画の仕事に入らないで明治大学の学生だった阿久沢有《あくざわたもつ》君の頃。

淡いブルーのジーンパンツに真白なタオルのシャツを着たり、またセーターや皮のジャンパーを羽織ってオートバイを飛ばしてはよく僕のところへ遊びに来ていたあの頃と、今東宝へ入って映画の道を進んでいる夏木君の生活はすっかり変っているはずなのだけれど、夏木君自身はちっとも変っていない。

いつ会っても学生時代そのままで前よりは会う機会は幾分少なくなっているけれど、セットの合間に「今休憩時間です」と電話をかけて来たり、「銀座で仕事があったから寄りました」などと銀座にあるひまわり社へフイとあらわれたりするので、今でも僕には映画俳優の夏木陽介君というよりも、身近な年下の友達という方がピンと来る。

だから夏木君と向いあって大真面目になって話をするというのは、どうもテレクサイのだ。

夏木君にしても同じらしくて、座っていても何となくゴソゴソと落ち着かないようなので、僕は急におかしくなってしまったのだ。

そこでひとしきり、二人で

「どうも無理だナ。何を聞いていいかわからなくなった」

「僕だって何を答えていいかわかりませんよ。だって僕のことは何でも先生御存知なんだから——。今さらテレますよ」

などと、顔を見合わせては言っていたのだか、こんなことではいつまでたってもキリがない。

夏木君は映画入りの前から『ジュニアそれいゆ』では写真でもおなじみなのだからなおさらのこと、「ジュニア対談にぜひ夏木陽介さんをお願いします」と、希望をする読者の方たちもたくさんあるので、このままとりやめにしたのではその方たちに申し訳ない。といっても今さら夏木君に「映画に入った動機は?」と真面目になって聞いてみても、お互いにおかしくなるばかりである。

だから、先ず最初に、夏木君のこれまでをちょっと説明しておこう。

去年の二月頃だっただろうか?　いつものように僕の家へ遊びに来た夏木君は、「映画の仕事がしたい」ということをふともらした。僕はそれまで夏木君と映画とを結びつけて考えてみたこともなかったので、不思議な気持にもなってしまったのだが、夏木君も真剣に考えていることがよくわかったし、またちょうど東宝のひとから「誰か俳優に推薦してほしい」と頼まれてもいたので、紹介することにした。

するると東宝では夏木君を一目見るなり大変な乗り気で、大学を卒業する前にとにかく契約をということになり、トントン拍子に話はきまってしまった。そして学校の方もそのまま東宝撮影所の養成所にも通い始めた夏木君は、大学の卒業試験の時などはちょっと大変だったらしい。

「今日、学校の試験が終りました」

と僕のところへ来た夏木君の晴れ晴れとした顔を、今でも僕は忘れない。

大学卒業と同時に東宝に入社してすぐ『大人にはわからない』に抜擢されて主演したことは、皆さんの記憶にも新しいことだろう。

それから一年、もう八本の映画に出演したという。

「どう？　一年の感想は」

と聞くと、

「わからないですね。まだ学生時代の延長みたいで――」

と、夏木君は頭をかしげている。

僕が夏木君から映画入りの希望を聞いた時、僕はちょっと心配したものだった。というのは映画の世界は普通のサラリーマンなどとは違って一生懸命真面目に仕事をしてさえいれば必ず成功するとも断言出来ない。才能が必要な事はもちろんであるけれど、運ということも大いにあるし、その才能も何かの機会に見出されないままに消えてしまう例も、僕は今までにたくさん見ている。

そんな特殊な世界だから、夏木君の良さが見出されれば大変良い道を選んだことになるけれど——と気になっていたのだ。

だがもう、今ではそんな心配はいらない。

「良かったなア」

と、僕が心からそういうと、夏木君はキラッと瞳を光らせて、

「いや、まだ分りませんよ、まだまだ——」

と真剣な口調だ。

ところで先刻、まだ学生時代の延長みたいだと夏木君はいったけれど、やはり学生時代そのままであるはずはないと僕は思う。そういうと、夏木君は大きくうなずいて、

「ええ、そうなんです。つい最近のことだけど、自分がプロだということ、つまりお客さんはお金を出して僕の映画を見てくれているんだということを意識して来たんですよ。僕は学校の学芸会に出てるんじゃない、っていうことなんですね。そういうことを考えると、体がひきしまるみたいだし、また学生時代みたいに乱暴なことも出来なくなっちゃいますね」

と真白な歯をみせて笑う。そして言葉を続けて、

「オートバイなんかもね、前はスゴクふっとばして『ああいい気持だ』なんて思っていたんだけど、この頃は用心するようになりましたよ。もし僕が怪我なんかしてしまったら今僕が出ている映画に関係している全部の人に迷惑をかけることになるんだし、そんなこと考えると無茶は出来ませんね。この間も久しぶりにオートバイに乗ったら、コワクテコワクテ、いやになっちゃいました」

ということだ。

「今まで一番苦労したのは何？　大変だったと思ったことは……」

と聞くと、夏木君はさアと、ちょっと考えていたが、

「過ぎてしまったことは何でも楽しかったような気がするなア」

といってから、

「そうだなア、――例えば監督さんにここはそんな感じではない、もっとこういう気持でこんな風に悲しいんだということをいろいろ説明されますね。それでその悲しさをせりふもなにもない無言のままで外へあらわさなければならないのに、それが出来ない。何度やっても監督さんのイメージとちがう。そんな時は一番苦しいですね。もうジリジリしてしまうんだけど、どうしようもないんですね。これは何か映画的な表現の仕方があるわけでしょう？　それが自分ではどうしてもわからない時は悲しくなっちゃいます。やっぱり自分には才能がないんじゃあないか、やっぱり僕は映画になんか入らないでサラリーマンになっていた方がよかったんじゃないか、自分は間違っていたんじゃないか、なんて考えちゃいますね。だけどそれが済んでしまうと苦しさなんか忘れちゃうんだ

なア」

と、また白い歯を光らせて笑う。

こんな話は前にも僕は他のひとから聞いたことがある。

そのひとはもう長い間舞台に立っている人なのだが、一つの公演の度に苦しいこと、いやなことがあって、もうこんな仕事はやめようと思う事がしょちゅうあるのだそうだ。といってもいやだからすぐやめるというわけにもいかない。とにかく一ケ月の間続く公演の間は、今度で舞台の仕事はおしまいにしようと思っているのに、さてその公演が終るとまた新しいものがしたくなるのだと笑っていた。

その人の話を僕がすると、夏木君は、

「そういうことはたしかにありますね。一つの映画が完成した時、プロデューサーから『君、今度のは良かったね』なんていわれると『よし、この次はもっとうまくやろう！』と思うし『まずかった』なんて批評を聞くと『今度はちゃんとやろう！』なんて闘志がわくんですね。これは今までの八本の映画全部にありましたね」

ということだ。

「ところで、こういう仕事をする生活に入って、一番楽しいなあと思ったことは？」

と聞くと
「やっぱり映画の出来上った時ですよ。出来上って、それを試写かなんかで見て誉められた時は一番嬉しいですね」

　という。

「誉められる？　いつも」

　と聞くと、夏木君はアハハと笑って、

「いや、あまりないですけれどね。僕の場合は良くもない、悪くもないってところですね」

　という。

「でも、新人としてはいいといわれてるんじゃないかナ」

「まあ、どんどん役をつけて下さっているから、悪くはないんでしょうけどね」

　夏木君は他人のことのように言っている。そしてちょっと改まったような顔をして、

「映画というのはね、先生、プロと素人の差別がないみたいですね」

　といい出した。

「つまりね、何て言ったらいいのかナ？　例えば相撲のことですけどね、学生相撲で横綱といわれるくらい強いひとでも、本当の相撲の世界に入れば幕下よりもずっと下ですね。そんな風に素人とプロとはすごく差別がたいていの職業にあると思うんですよ。それにくらべると映画の俳優にはそんなに差別がないような気がするんですよ」

　という説明をする。

　たしかにこの頃は、つい昨日までは何でもない普通のひとが、いきなり映画入りをして主役とし

て華々しくデビューしたり、舞台でジャズを歌いまくってライトを浴びてもてはやされたりという風なことはよくあるといえるかもしれない。

それはちょっと考えれば素人とプロの差別がはっきりないとみえるかもしれないけれど、やはり、ジャズならジャズでパッと咲いた人気ではなくて、長い間その生活で生き抜いていけるということは、やはりその人に玄人になるだけの才能があるからなのだと僕は思う。

それで、

「そりゃアね、長い間研究しなければならない科学のようなものから考えたら、映画なんかは素人とプロとの間がはっきりしないかもしれないけれど、やっぱりその人の映画を何本も続けて見ても人をあきさせないという人は、もともと玄人としての素質を持っている人だと僕は思うナ。だから素人からポンと映画に入って主役がついたからっていって、それでもりっぱな玄人だとはいえない。つまり、二年や三年では本物かどうかはわからないかもしれないけれど、結局問題は、死ぬ時までの勝負だと僕は思うんだけれど」

というと、夏木君は
「そうですね。僕の場合なんかまだまだですね。まだまだ――これから先の事なんて全くわからない」

というので、二人で笑ってしまった。

今まで八本出演した中では、夏木君はどの作品が好きだったのかと思って聞いてみる。

「そうだなア——僕は〝密告者は誰だ？〟みたいなのをやりたいんだけれど——」

という答えだ。

〝密告者は誰だ？〟というのは御存知の人も多いかも知れないが、十代のチンピラがピストルで人殺しをして、あらゆる所を逃げまわり、終に捕えられるまでの物語で、夏木君はこのチンピラの役を主演して大活躍をしていた。

「だけどね、先生、最近わかって来たんですけれどね、僕はああいう役は似合わないんですね。一生懸命悪人ぶってやっても、善人に見えて来ちゃうんだそうですよ」

と、夏木君はテレたように笑っている。たしかにそんな夏木君はどうみても悪人には見えない。

それで、

「そうだなア、悪人にはどうも見えないナ」

というと、ますますテレクサそうな夏木君だ。

僕は、夏木君が好きだというその〝密告者は誰だ？〟は残念なことに見逃してしまったが、第一回主演の〝大人にはわからない〟を見た時、その役が実に夏木君にぴったりだと思った。

その中で夏木君は大政治家の長男という役で、大学へ行きながらドラムをたたいてバンドを作り、アルバイトをしている。両親に反抗するようなところもあって、ちょっとみると普通よりはずれているようだけれど、実際には何にも悪いことはしていない。両親に反抗するのもそれは大人の世界の不合理さが我慢出来ないからだというような役だった。

「あの〝大人にはわからない〟もちょっと悪人に似せているけれど、ほんとうは全然悪人でもなかったし。結局あれは、夏木君の地でいったのかナ」

というと、夏木君は頭をかいて

「地は、もっと……」と笑って言葉を濁す。

「地はもっといいっていうわけ？」

と僕が笑うと

「ひどいなァ、先生。だから先生と対談なンてヨワインですよ、僕は」

と、夏木君も笑う。

「ところでね、学生から働く生活に入ったわけでしょう？　そういう社会人の生活で一番嬉しいことって何だろう？」

「やっぱり自分で働いて生活出来るってことは嬉しいですね。今までは使う一方だったから」

「お母さんにお小遣いあげる？」

「ええ、あげますよ。あげますけどね、足りなくなって来るとまた貰っちゃうから、かえって余計に貰うことになっちゃうのかナ……」

と、こんなところは普通の大学生とちっとも変らない夏木君だ。

話は、つい二日前に撮りあげたという〝狐と狸〟という作品に移っていった。

この〝狐と狸〟というのは、森繁久弥さん、小林桂樹さん、加東大介さん、山茶花究さん、清川虹子さん、三井弘次さんというような、いわゆる演技派のベテランの方たちが総出演している映画なのだそうだ。

「そういう演技派の先輩の人達と一緒に仕事をして、どうだった？　勉強になった？」

と聞くと、夏木君はグッと乗り出すようにして、

「すごく勉強になりました」とキラキラ瞳を輝かせる。そして、

「例えばね、あの方たちはちゃんと演技のポイントを摑んでいるんですね。映画ってワンカットがわずか数秒でしょう？　その数秒がつみ重なって一つの映画になるわけですね。その数秒のワンカットの中で、どのワンカットがその映画のポイントになるかっていうことが、脚本をサーッと見ただけでベテランの方たちはちゃんとわかっちゃうんですね。だからそのポイントの所は実によくやって、その他の所は割合にサーッと流してるようなんです。何か、僕なんかが見ると、すごく無責任になさってるように感じる事もあったんですけどね、さてそのカットカットがつながって映画になってみると、実にいいんですね」

と、一気に話して、いかにも感に堪えないという風だ。そしてちょっと声を落して、

「そこへ行くと僕なンか、はじめからおしまいまで、やたらと張切っちゃうんですよ。監督さんに『若さを出すように』っていわれたりするとなおさらの事ワンカット、ワンカットでとくに張り切ってしまうんです。だからつながってから見ると、全部張り切っちゃって、演技に山が全然ないんですね。映画の要領っていうのかな？　そういうことも今度の〝狐と狸〟ではじめて感じたんで

す」

という。それで
「要領っていうんじゃなくて、何かバランスを摑んだっていうんじゃないのかナ？　芝居と違って、映画はコマギレになっているから、初めのうちはワンカット、ワンカット毎に全部一生懸命に山の様な芝居してしまおうとするんだろうナ」

というと、夏木君はうなずいて、

「映画は第一シーンから順を追って撮って行くわけじゃあないんだし、コマギレに撮ってゆく中でちゃんと計算して出して行くっていうことが今までの僕にはわからなかったんですね。それが今度わかったんです」

と嬉しそうだ。

きっとこの次の映画では、夏木君は今度の映画の体験を生かして、一層素晴らしい出来栄えを見せてくれるに違いない。

夏木君は続けて〝狐と狸〟の筋を話してくれて、

「そしてね、ラスト・シーンがいいんですよ、すごく。朝霧が立ちこめている中をね、加東大介さんと僕が行商の荷物をしょって旅立って行くんです。すると二人を追っかけてね、三井弘次さんと清川虹子さんと、山茶花究さんの姿がうつるんです。朝霧がさァーっと立ちこめてるんですよ」

と、手ぶり身ぶりでそのシーンの素晴らしさを話してくれてから、

「先生、是非見て下さいね。とにかく今までに一番勉強になった映画なんですから――」

と念を押していた。

また〝狐と狸〟の撮影中、一緒にロケに行っていた清川虹子さんがいきなり夏木君の前に両手をひろげて、

「夏木君、どう？　私の爪綺麗でしょう？」

というので、一体何のことかとびっくりしたら、清川さんはニコニコ笑いながら、

「夏木君は爪の綺麗なひとが好きだって、『ジュニアそれいゆ』に書いていたじゃないの」

といわれたのだそうだ。この前の号の「私はこんな人を美しいと思う」という夏木君の文章を清川さんが読んでいられたことがわかって、

「僕、カーッとしちゃった、恥ずかしくて――」

と、夏木君はすがすがしい笑顔をみせていた。

それから、今まで相手役としては水野久美さんと組んだことが一番多いこと、撮影所で仲の良い友達は佐藤允君や瀬木俊一君などと話に花が咲いたが、その時ふと、夏木君は三船敏郎さんが大好きだと映画に入る前に言っていたことを思い出したので、

「今でも夏木君は三船敏郎さんのファン？」

と聞くと、

「ええ！」

——もちろん、そうなんです——というように夏木君は大きくうなずく。

「実際に会ってみてどうですか？」

「それはもう立派ですよ。何ていうのかなア、本当に立派ですよ」

と、夏木君は心から感服しているという風だ。

「パッと派手なところはちっともない方《かた》ですね。セットの中なんかでも二時間でも三時間でもだまアーってられますよ。僕も三船さんのところまでどうしても行きたいですね。ジワリジワリと十年かかっても二十年かかっても、三船さんみたいになりたいと思ってるんです。三船さんと一緒に出演出来るんだったら、どんな悪人の役でもいいから出して頂きたいナ」

と、夏木君の三船敏郎熱はますます上って行くばかりらしい。

僕も三船敏郎さんは大好きだ。派手なところはたしかに少ないけれど、派手さを卒業してあんなに立派になれたら、実に素晴らしいと思う。

派手さは少ないといったけれど、三船さんがデビューした頃は実に派手で、今までなかったタイプとして多くのひとを魅きつけたし、話題をまいたものだ。それからだんだん、その派手さを立派さに成長させて行った三船さんの偉さを、いまさらのように僕もつくづくと感ずる。

夏木君もやがてその尊敬する三船さんのように成長を続けてくれるようにと、僕は心から願った。

今日の夏木君は濃いグレイのズボンにブルーとグレイの細かいチェックの上着。ノー・ネクタイのそのスタイルは実に夏木君によく似合う。

学生の頃からジーン・パンツや皮のジャンパー、また学生服の時でもどれも夏木君に良く似合って、なかなかおしゃれだナと思っていたが、今日のよそおいもまた何気ないようでいてイカしたものだ。

「良く似合う」

と僕が誉めたら、

「ダメデス」

と夏木君はテレたように言っていた。

明日は朝七時半の飛行機で九州に旅立つということだ。そのためには八王子の夏木君の家を六時頃出なければならないというので、

「じゃア、元気で行っていらっしゃい」

と別れを告げると、夏木君は白いレーンコートを羽織りながら、

「先生、僕ね、本当に幸せだと思うんですよ。どんどん役をつけてもらうことももちろん幸せですけど、まわりの人達が本当に親切にしてくれるんです。初めのうちはカメラの前で夢中になってしまって、自分のセリフが終るとホッとして気が抜けちゃうんですね。ところがその間もカメラはまわっているわけでしょう?　ホッとしてたんじゃいけないのに、そんなこともわからなかったわけなんです。すると一緒に出ている人たちが『自分のセリフが終った後でも芝居を忘れちゃいけない』なんて後で注意してくれるんですね。そういう点でも実に僕は恵まれていると思ってます」

と、真剣に言っていた。

夏木陽介君。さんさんとふりそそぐ太陽の下で、すくすくと夏の若木が伸びて行くように——と願って僕はこの名前を夏木君に贈ったのだけれど、それから一年、その名のようにすくすくと成長を続けて、本当に幸せだと瞳を輝やかせている夏木君を見ると、本当に僕も幸せな思いでいっぱいになる。

いつまでも成長を続けて、尊敬する三船敏郎さんのような立派な俳優になる日まで、僕はじっと夏木君をみつめていよう。


(『ジュニアそれいゆ』一九五九年五月号掲載)

# 枯れない花・枯らしたくない花

## ――杉村春子さんと

**杉村春子**――高等女学校卒業後、声楽家になるべく上京するが失敗。音楽の教員をしていたがその後再度上京し、築地小劇場の研究生となる。一九三七年に劇団文学座の結成に参加。以来戦前戦後を通じ、同座のみならず日本演劇界の中心的存在として活躍した。舞台以外でも映画・テレビで幅広く活躍し、リアルな女性像を描き出した。女優としては東山千栄子らに次いで三人目の文化功労者にも選ばれている。九七年に逝去。

中原「今日もここへ来る道々考えたんですが、僕は杉村さんとお話するのが、一番苦手なんです。それは、こういう席でだけじゃないんですよ。たとえば文学座の楽屋だとか、普段ちょっと何かでお話をするにしても……」

杉村「どうしてでしょう」

中原「僕がろくなことといわないんですね。どうしてかなあ。お目にかかって帰る時に、いつも自分が変なことばかり言ったなあ、と思って……なぜだか自分でもわからないんですが。僕は普段はそんなに上がらない方だと思っているんですが、杉村さんの前では確かに多少上がっているんですね」

杉村「そんなに上がってらっしゃいませんよ」

中原「そして杉村さんに何か質問されて、ぼくが答えますね、その瞬間に『ああまたこんなくだらないこと言ってしまった』と……とにかく自分が言ってることがすべてくだらないことに思えて、それを少しでもくだるものにしようとして、一言つけ加える、するとますますくだらないものになる」

杉村「それはもうお互いさまじゃないかしら」

中原「そうかなあ……」

## 年齢の積み重ねが「芸」をつくる

こんな会話から杉村さんとの、この対談は始まった。春まだ浅い日である。

杉村さんとお会いする約束をした場所は、西銀座のレンガ屋というレストラン。部屋の中が全部レンガで積まれて壁面になっている、瀟洒《しょうしゃ》な部屋。

その日の杉村さんの装いは、黄八丈の着物に、少々暗い水色の地に白い小さな花を散らした羽織で、「お待ちになったかしら、遅くなってごめんなさい」と明るい笑顔で、大きな黒いストールを肩からすべらすように取りながら、入ってこられた。杉村さんの、その立居振舞は、その一瞬一瞬がまことに美しくて、まるで私は美しい舞台姿を見ているような錯覚に陥ったほど。この人の美しさはいったい何だろう。美しさを演ずるのに長い長い年月、鍛えあげて、そこから自然に生まれ出た美しさとでもいうのだろうか。

**杉村**「ずいぶんお元気そうになられたわ、中原さん。入院なさっていた頃はすっかりおやつれになって、大丈夫かと思っていたんですよ」

**中原**「十一貫（四十一キロ）ぐらいになっていました」

**杉村**「でも、もうすっかり回復しましたわね。それはもうお互いに年をとったということは別ですよ。何もかも昔のままですと、お化けみたいなもので、気味が悪いものね」

といって杉村さんはやさしい顔でお笑いになる。それにしても、なんと杉村さんは美しい人だろう……とまたあらためて考えてみる。もう十年あまり前に杉村さんとテレビで対談をした時の事を思い出した。――若いということは、本当にいいことだ――というような話になった時、杉村さんが、

「若い若いというけれど、若ければいい、というわけではないんじゃないかしら。程度の問題ですね。もし私が二十歳に見えたとしたら気持悪くない？」

とおっしゃって、

「自分の本当の年より十ぐらい若くて、それでいて綺麗《きれい》だなあと感じさせる人がいいんじゃないかしら」

といわれたことを思い出した。その時私はなるほどなと思った事を思い出す。しかし今、目の前で見ている杉村さんは、その言葉そのままに、十ぐらいお若く見えて「なんて綺麗な人だろう」と思わせているのだから……。そのことを私が話したら、杉村さんは、

「その時のことは忘れてしまったけど、本当に気持が悪い！」

とおっしゃって、気持悪そうな表情でお笑いになる。それで、本当に自分が二十歳になれて、「知能だけは現在のままでいてくれるといいんですがね」と私がいうと、杉村さんは、

「年をとってみて初めてわかることですが、たとえば私が〝女の一生〟を若い時にやった時と、いまやった時とでは、返事一つするにも、その仕方が相当違っていると思うんです。その時々でもちろん一生懸命やったつもりでも年齢の積み重ねがやはり『芸』というのかしら、そんなものを充実

させてくれるんです。そりゃあ肉体的には衰えてきますが、着実に何かが自分のものになってゆく感じです。そりゃあ若い人がやったのは、綺麗で美しいと思いますよ。でも若いままでは、ちょっと困ると思うんです」

といわれた。

「本当にそうですね」と私はうなずいて、かつて藤原オペラの美貌のプリマドンナとして、一世を風靡《ふうび》した大谷冽子《きよこ》さんが、

「若いっていうことは、なんて艶やかな美しい声が出るんだろう。もし私がいまの経験とテクニックや知識を持っていて、この若さがあったらどんなにいいかと思う」

というような意味のことを言われたのを思い出し、そのことを話すと、

「そうでしょうね。その点役者は、体さえ丈夫なら、化けられる間はやれるわけですからね。私、今になって考えたら、オペラ歌手にならなくて、本当によかったと思いますよ。そんな意味で、四十代が舞台上でなら容色もまだ衰えていないし、声も衰えず、経験も積んでいるんですもの。やはり四十代が花でしょうね」

とおっしゃる。

「じゃあ歌手よりも役者の方がずっといいでしょうね」というと、

「そりゃあもう、ぜんぜんいいですね。だって私がまだやっているんですもの」

と声をたててお笑いになり、

「もちろんミニスカートをはいている人と、同じ役をやれといわれても、出来ないかもしれませんが、化けられる役ならどんな役でも出来ると思うんですけど……。パッと舞台に出た時には、年をとって若い役になっている場合、本当に若い人と比べて必ずしも同じに見てくれるかどうか……。ですけど長い経験から割り出したテクニックで演じた場合は、やはり経験を積み重ねた方が感動を与えることがあると思うんです」

そこで私は、終戦間もなく亡くなられた、三浦環さんのことを思い出した。欧米各地で数千回の蝶々夫人を演じて、世界のバタフライと謳われた三浦環さんが、晩年になって、日本に帰ってこられ、日本で見せてくれた舞台のことを……。

幕が上がって、そして華やかなコーラスを背景に、赤い太鼓橋を歌いながら渡ってくる、あの感動的なシーンを。小柄でものすごく肥って、六十を過ぎた三浦さんが、十六歳のお蝶夫人に扮して、美しい振袖姿に花かんざしを差し、赤い日傘で出て来ると、それは異様な姿に見えて、客席はみんな、ワーと笑ってしまう。

これは何度見ても、同じようにワーと笑ってしまうのだが、何千回くりかえして至芸に達した環さんの実力は、悲劇が高潮に達するほど感動は大きくなり、笑う人は誰もいなくなるばかりか、シーンとしてすすり泣きさえ聞こえる。

「そうなんですよね、終戦直後でしたかしら、三浦先生が山中湖の近くに疎開してらしたことがありましたわね。あの時、久々に東京に帰ってらして、独唱会をされた事がありました。たしか日比谷公会堂だと思いますが、当時は日本全国の女はモンペをはいてる時だったでしょう。先生がハデな柄の着物をモンペに仕立てて、あの肥った体にそれを着て舞台に出てこられたもんだから、そりゃおかしかったんですよ。それに、その時分は、荒廃した世の中ですから、エチケットを心得る余裕はだれにもなかったんですね。

だから、初めはみんなゲラゲラ笑ったんですけど、おしまいには涙を流して聴いている人もいました。最後にマダム・バタフライのアリアをお歌いになったんですけど、歌い始めると全員で拍手をして、シーンと聴いているのです。私はその時の先生の姿や光景が頭の中に今でも残っていて、忘れられないんです。ですから、その人の演技力とか、その人の持っている魅力のようなものは、まわりの環境が悪くても、いくらか肉体的には衰えていたとしても、十分に補えるものだと、つくづく思いました」

美しい人、歌の上手な人、声のいい人、日本でバタフライをやるプリマドンナも、いろんな人が後に出ましたが、三浦さんのスケールで後に続く人は結局いない。だから三浦さんて偉い人でしたね、と私がいうと、杉村さんは、

「素晴しい方でしたわ。私が三浦先生の歌を初めて聞いた時は、まだ小学校の時でしたが、その頃、三浦先生はずっと外国にいらして、ちょっと日本に帰っていらした時で、あの時は先生が四十代だったかしら、一番盛りの頃だったんでしょうね」と幼い頃の感激を回想するかのようにしみじみとおっしゃった。

## 仕事の面では幸せです！

そこで私は、今度私が創る『女の部屋』創刊号のことについてちょっとお話しして、その特集は「幸せとは？」というんですが、といよいよ本題に入り、先ず、

「お幸せですか？　と僕がお聞きします」と私がいうと、

「私ですか？　そうですね――一方から見れば幸せですけど、もう一方から見たら決して幸せではありません――と答えますね。これは誰でもそうじゃないでしょうか。私の場合、仕事からいえば幸せだったと思います。けれど実生活は、女として考えた場合、幸せではないかもしれません」

仕事を持った女性といっても、パートタイムやお小遣い稼ぎにお勤めをしているというのではなく、杉村さんのように一生をかけて、一つの仕事にうちこんでいる人が、仕事の面でも、女としての面でも、その両方の幸せを一つの体で持つということは、絶対に出来ないのが当り前だと、私がそんな意味のことをいうと、杉村さんは、

「本当にそうですね。絶対に無理ですよ。そんなわかりきったことを、それがうまくいかなくなって、初めてわかるんですから……。私もお芝居をやり始めた頃は、両方の幸せが得られると思っていたんですが、それは、実は大間違いだったんです。家庭に入って、いい奥さんであって、いいお母さんであって、そしていい女優になろうと、そんな三つを欲ばるなんて、気持だけでいくら出来るといってみても、絶対だめなんですよ」

「それを十分こなしているという人もいるようですが、そんなのはみんなうそで、あれはある種の女優さんの、表看板だと僕も思っています」

　と私がいうと、

「だと思いますね。それはやっているつもりになっているだけではないでしょうか」とちょっと控え目におっしゃるので、私は、

「やっているつもりの人を、マスコミなんかが、すごく頭のいい女性のようにおだてあげるのですが、それを売物にするようなのは逆に頭の出来はあまりよくないんじゃないか、とさえ思うんです」と私は笑った。

「つもりになられて、いろいろかきまわされているんじゃあ、男の立つ瀬がないですよ」

　と私がいう。うまくやっていると思われているのは、案外離婚していないというだけかもしれないし……離婚していないということは、世間はうまくいっていると受け取るだろう。しかし離婚していないということは、あるいはお互いが理解しあっているか、または夫だけが忍耐しているのか、はたしてうまくいっているのかどうか疑問がある。それでも離婚していないという事実は、両立しているといえるかもしれないけれど、逆にあきらめきっている場合かもしれない。

「僕はよく思うのですが、たとえば、男の僕が現在の仕事を持っていて、その上に家事もやらなくてはならない、という男だとしたら、とてもやりきれないでしょう。とてもとても出来ることではないと思います。だから、仕事を持っている女性に『家事は女の仕事だからやれ』といったら、こ

れまたムチャですよ」そのくらいの理解は私もしているんですが……。
「仕事というものは、奥さんの仕事、母親の仕事、その他家事一切、どれを一つ取っても完全に出来るということは望めないほど大変なものですよね」

## 死んだあとの評価がものをいう

家事一切はお手伝いさんまかせ、子供のご飯もお手伝いさんが食べさせ、学校に入る年齢になると、子供は自然に学校に行くようになる。それで大きくなった子供を見て、自分で育てたような気持になって、「大変だった、大変だった」とそれを売物にしているような女優さんも知っているし、「両立はしていませんね、家事、育児は一切ひとまかせでした」とはっきりいう女優さんも知っているが、女性が家事だけを完全にやることすら大変で、それに育児があり、夫にとっていい奥さんであるということと、そんな三つが出来るわけはないと、きっぱりいいきっておられる杉村さんを私は賢明な人だ、と思った。

ものを食べさせれば、子供は大きくなるし、その年齢が来れば学校に通い、字も書くようになれるのは当然で、そんなのは、本当に育てたことにならない。本当に育てるということは、この子供はどういう大人になればいいかということを、真剣に考えて育てることではないだろうか。

「ところで、話は変わるんですが、さっき杉村さん、お仕事の面では幸せだとおっしゃったんですが、本当に仕事の面ではお幸せな方ですねえ。いまの日本の演劇界では最高の幸せではないでしょうか」

　というと、杉村さんは、過ぎた長い年月を想い浮かべるような面持ちで、

「女が非常にやっかいな仕事を続けてこられた、たとえば文学座が創立されてもう三十四年になりますのよ、その間ずっと私が中心で……まあ年のせいもあるんでしょうが、幹部であられたということを『あなたは幸せ者だと思わねばバチがあたる』とよくいわれました。それで私もそうではないかと思うようになりました。

　そんなに幸せな立場にいることが出来るのですから、完璧なお仕事をやって、お客さまに喜んでいただけるような、お芝居をやらなくてはならないと考えるようになったのです」

　と謙虚におっしゃる。それで私が、

「いま、築地時代の同期ぐらいの方で、杉村さんほどめぐまれた活躍をしている方は、一人もおられませんね」

　というと杉村さんは、

「私は築地では後輩の方ですが、現役では山本安英さんが活躍してらっしゃるし、民芸の細川ちか子さん、俳優座の岸輝子さんなど、ほかにもいらっしゃいますよ。私はただ自分が責任を持たされる立場にいること、それから〝女の一生〟の舞台を何年もかかってずっとやれたということ、それは幸せの一語に尽きると思うの。また一つ一つの評価はいろいろあったとしても、十年たち、二十年たち、三十年たって、結局は死んだあとの、評価がものをいうのではないでしょうか。

私が非常に息の長い仕事をしてこられたということ、ことに女の身でありながらできたということは、本当に幸せです。それに私がこの世界に入った頃は、いまの若い女性のように自由ではなく、まして女ですもの、それは大変やりにくい時代でした」

「僕は演劇人じゃないので、演劇畑の人がさっきおっしゃった人々と、杉村さんをどう見るかわかりませんし、きびしく評価も出来ませんが、ごくありふれた一般人として見て、新劇畑の他の女優さんと杉村さんとでは、どこか違った見方をしているのではないでしょうか」

「そうかしら？　それは例えば、劇団民藝の場合は滝沢修さんがいらっしゃるように、文学座にも中心になる人がいる。それがたまたま私だったということで、いきおい表に出るということになったんじゃないでしょうか。でも表へ出るということは、いいにつけ悪いにつけ風当りも強いし、一切のことが降りかかってきちゃう。そういうことで少しずつ、世間に対応する、術を覚えてくるわけ。いつも誰かに頼って温室の中で過ごすというわけにはいかないんです。それに私は政治力っていうのが皆無なんです。思ったことは、みんないっちゃって、それでよければいいし、悪ければ悪いということで、誤解を生むということもよくあるんです。

でも創立当時をふりかえってみると、私が頑張ってここまでよくやったと、世間の人はいうんですけど、陰になって、自分の職分をりっぱに守りながら、一生懸命に尽して、私を助けて下さった方々がいたからここまで出来たんだとおもうんです。私はお金のことで心配したことは一度もありませんよ。そりゃあ自分の生活のことは、自分で心配してましたけど、文学座のことはぜんぶやってもらったんです。

お金のことだって、竜岡さんがやってくれたんです。三津田さんもずっといっしょによく尽してくれました。普通だったら、ぜんぶ自分でやらねばなりませんのに……もし自分でやったとしたら、こんなにすましちゃいられませんよ。ほうぼうへかけずりまわらねばならないし、ひどいことになっていたと思うの」

やっぱり杉村さんは幸福な人だと思うと同時に、竜岡さんの顔と三津田さんの温好な人柄が、私の胸に甦って来た。

## 杉村さんの「芸」に白い後光を感じる

「〝アルルの女〟というお芝居がありますね。あの芝居を昔、パリで見たんです。あのお芝居の中でバルタザールという老人がいますね。そのバルタザールの初恋の人だというお婆さんが、ちょっと出てくるところがありますね。あの役は本当に、短い時間しか出てこないんですが、いつも有名な女優さんが、出ることになっているんだそうです。その役に扮した人は、日本なら東山千栄子さんのような人……。

いよいよそのお婆さんが登場すると、その舞台がパッとひきしまって、なぜだかその人の体のまわりが、パーッと白く輝いたように僕には思えたんです。ちょうどマリアの絵の頭の上に、輪が描かれているような、そんな感じでした。なぜでしょうね」

と、ありえないようなことを私がいいだすと、杉村さんは、何の事やらわけもわからないといった表情で、

「さあどうしてでしょう？　わからないわ」

「もちろん演出上の効果というか、演出上のテクニックもあったのかもしれませんが、あとで聞くと、あの役は少ししか出場《でば》はないけれど、非常に有名な女優さんが選ばれて出るんだと聞いて、そういえば、彼女が舞台にあらわれると、客席はワッと割れんばかりの拍手でした。そんな雰囲気がそのように思わせたのかもしれませんが……。

そのことはとにかくとして、杉村さんが一つのお芝居で、最初に舞台にパッとあらわれると、僕はいつでも〝アルルの女〟のお婆さんと同じような感じを受けますよ」

「まあうれしい」

「しかもねえ、派手で綺麗な役をしている時ばかりじゃないんです。どんな役でも同じです。それからもう一つ、杉村さんが若い娘役をやったその後で、同じお芝居を美しい若い女優さんが、同じ役でやることがあるんです。

ところが、若い美しい役をそんなに若くて美しい女優さんが、しかもちゃんとやっているのに、なぜだか杉村さんがやった時ほど迫力がないんです。あれはどういうわけでしょうね。つまりパーッというあの後光は絶対差さないんです。どうしてでしょうね」と、あたりまえの事を私が聞くと、

「そんなこと聞かれてもわからないわ」

と杉村さんはお笑いになる。

「あの後光はどういうわけなんでしょうね」

「はい、おっしゃることはわかりますが、自分がやってるときは、そんなことわからないわ……。人がやっているのを見て、その主人公が登場すると、舞台全体がパッと華やかに明るくなること、それはよくありますね」

「華やかな芝居というのではなくてね」

「そうです。その俳優が出ただけで、パーッと華やかになる。そんな役者に誰でもなりたいと努力しているんだと思うの」

「僕のいうのは、そうじゃないんです。あのパーッと白い後光のことをいっているんです」

と私はそればかりにこだわっていた。すると杉村さんは、

「昨年のお正月に東山さんが、久しぶりに主役でお芝居なすったの。随分重い役で、セリフも多かったんです。だから演出家の配慮もあったんでしょうか、あまり動かなくて済むように、腰かけにかけておやりになったんだけど、セリフがあまり長いものですから、時々ハッとするような――言いまわしがつかえるとか――だけど東山さんが演じてらっしゃると、それがちっとも気にならないんです。もしあの長いセリフで他の若い人がやったとすれば、ああはいかないと思いますわ。東山さんの柄というものは、不思議ですね。独特なもので、それが舞台をひきたてているんですよ。ただ腰をかけていらっしゃるだけでも、東山さんの人間像が役の中ににじみ出て、年齢にプラ

スされて、芸の修練が舞台の上に効果的に出ているんでしょうか――素《す》の人間が内面で苦しさや楽しさ、怒りや悲しみが積み重なって、襞《ひだ》のように蓄積されて、濾過《ろか》されたものが、役に応じて上手に役の上に再現されるのが理想でしょうね」

まことにそのとおりだと私も思った。演劇だけでなく、すべての芸術は、無事平穏なものから、何かに破れて苦しみや悲しみ……つまり、正常でなくなって、悩みぬいて、それを克服するところに、初めて芸術が生まれるのじゃないか、というのが私の持論なんですが……。

## 舞台稽古は最高に絶望の日々

「杉村さんがテレビに出ると『ああ、今日は杉村春子が出る』とわざわざチャンネルをまわす。というのが最近の杉村さんへの評価ですね。お芝居にしても、杉村さんの一度やったもの、それが若い美しい役で、今度は本当に若くて美しい女優さんが同じ役をやることがある。そんな時、目で見て美しいのに、まったく冴えないんですね。そしてその女優が杉村さん主役で、そのお母さん役をやって、その娘の役を演じている時には、決してヘタだと思わず、いい女優だと思っていても、その人が柱になってみると、すごくその芝居が締らないのです」

と私がいうと、

「はっきりしたことはわかりませんが、今までにお芝居を作る過程で、ずっと苦しい中で育ってきたということが、関係してるんじゃないかしら。

決して甘やかしてくれなかったし、これでいいと許してくれはしないんです。だからそういうことの蓄積が、役の上でも綿密さにつながっていくんですね」

それで私が、

「杉村さんは今年は、大変よいお仕事が待ちかまえているんじゃないんですか」

「ええまあ……今年はお芝居だけになりそうです。四月に〝冬の花〟をやります。それが終わると〝華岡青洲の妻〟が待っているんです。それに秋には日生劇場で、これはまだ出し物はきまっていないんですが……」

ところで私は、小学生の頃から芝居や映画が好きで、自分でお金を出して見るということが、小さい時にはそうたやすく出来なかったが、あらゆる手段を講じて見ていたし、後には、初期の築地小劇場から、映画、新派、と舞台の種類を選ばず見に行ったものだ。

ところが不思議と自分で芝居を演じてみたいと思ったことはなかった。芝居が好きだという場合は、大体自分が演じることが好きなようで、

「芝居ってなぜあるんでしょうね」

と私が聞いたら、

「そうですね。俗に考えても、人間って、変装したり、扮装したりするのが好きでしょう。そういうことが大っぴらに出来るわけです、役者になったら……」

というお答えだった。それでずっと古い話になるが、

「『それいゆ』の第一号で、僕が杉村さんに『どうして女優さんになりましたか』とインタビューした時、『私はむずかしい演劇論を戦わせて、女優になろうと思ったんではないんですよ。もし女優でなかったら、私は一つの人生しか歩めなかったはずでしょ。女優であれば、この体でいろんな人生を演じることが出来るではありませんか』とおっしゃいましたね」

「そうでしたかしら。そういったかどうか忘れましたけど、お芝居というものは、本当に洋の東西を問わず、大衆が持っている素朴な願望を満足させてあげられるし、そこから逆なことでは、集団で一つのことをやることも楽しいことですね。うまく協調できて一つのお芝居が出来る感動は、一人でやるお仕事では味わえないものでしょうね」

杉村さん、それに続けて、

「不思議なものですね。役が決まって、その台本をもらった時には、一番大きな感動があるくせに、稽古がだんだん進行していくに従って、思うようにならないことの連続ですよ。ですから舞台稽古などは最高に絶望の日々ですね」

とおっしゃる。

「それは雑誌づくりでも同じですね。編集会議をして、いろんなアイデアを集めて、――ああ、今月はこういう本を作っていこう――と思った時には胸がわくわくするけれど、だんだん進行していくうちに、計画どおりに運ばないことが多くて、見本が出来た時には、恐くて不安でページを見ることもできない。といっても、いずれは人に見られるものだしと思って、おそるおそる見るんですよ」

　すると杉村さんは、

「私も台本をもらった時は、まだ何も予備知識がないときですから、この主人公をどんな役に作っていこうかと、夢は大きくふくらんで来る。美人の役なら、私なりの美人を描いてみて、道行く人に素晴しい人がいれば『あの人の感じでやってみようか』とか……」

　といってお笑いになる。

「不思議に思うのは、杉村さんが美人の役をやって美人に見えるのは当然ですが、汚れた役や、老婆の役、下品な役、不愉快な女の役など何をやっても、その女が嫌な女なら嫌な女の魅力のようなものがあり、百姓の老婆をやれば、それはそれなりの美しさがあるんですよ。あれはなぜでしょうね」

「美しくなるといっても、素がこれなんだし、綺麗になるには、白く塗ればいいというものでもなし、だから何か一つ、ここだというポイントをつかみますね。例えば、この奥さんの魅力は『立居振舞』の美しさにしようとか『物のいい方』『やさしさ』それから、『髪型の美しさ』とかそういうものを自分の中に作り込んで、お客さまをホッとそこに惹きつけるものを出していけば、と私は考えてるんです。

　私の場合はいろいろ失敗を重ねて、経験が積まれて、それで身について来たんじゃないかと思うんです」

「それから非常に醜いお婆さんで、役の上でも決して人に好かれるような人物ではない場合でも、見ている間は心を惹かれるんです。あれは何でしょう」

「はっきりとはわからないけれど、どんなに醜い役でも、どんなに汚い役をやっても、人間的に好かない女であっても、それを相手にじかに与えちゃあ、汚らしく、見苦しくて、鑑賞するには耐えられないと、思うんです。ですから結局は役者が『登場人物の目を通して、相手に訴えかける』ということができれば鑑賞に耐えられることだろうと思います」

それは非常に内面的なもので、むずかしいことだと思い、またなるほどと思った。

「そのような役の中で真実に生きれば、そこから何かが生れて来るんじゃないかしら」

ともおっしゃった。それで私が、

「ぼくは時々、人から『あなたは随分たくさんの女優さんに会われたでしょう。その中で、誰が一番美しいですか』と訊かれたりする。それでぼくは『美しい人が二人いる』ということに決めている。一人は司葉子さんがまだ女優になったばかりの時に、紹介されて、あまり美しいのでおどろいた。どうしてこんな綺麗な人が生まれたのだろう、と不思議に思ったくらい。

それからもう一人が杉村春子さんで、この人はどうしてこんなに美しい人に感じさせるのか、不思議でならない。どんな地味な着物を着ていても、この人の立居振舞の時、赤い色紙を小さく切って花吹雪のように、パッと杉村さんのまわりに散らしたような——そんなことあるわけないんだが、別れたあとにそんな印象が頭に残る」

と私がいうと、

「まあどうしましょう。そんなに言って下さると困っちゃうわ。でもねえ、そんなに言って下さる方がいるからこそ舞台にも出ていられるんですのよ。そうでなければ、あれだけ人の目が自分だけに注がれている中で、とても芝居なんかやれやしませんよ。

話は少し違いますが、舞台の上で、自分一人になるときがありますでしょう。そんな時、劇場いっぱいのお客さんが、自分に全身全霊で見入っているのを感じると『いったい自分は何をしようとしているのだろうか』と思うことがありますの。『これっぽっちも失敗は許されない』という気持になりますね。この気持がいまも役者を続けさせてるんじゃないかしら」

そんな一途な感激を味わえるということはそれだけでも、生きがいとなって幸せじゃないかとしみじみ思った。私は、

「杉村さんは、とっても幸せな人ですね。そりゃあ人間ですから、いろいろなことがあるのは当然でしょう。でも他人から『幸せなんだな』と思ってもらえるということは、その人の中に幸福であるという要素がある、しるしだと思うのです。

ことに文学座のような大きな所帯を背負っておれば……。普通の人間にわからない苦労がいろいろあったと思いますよ。そして今日まで、もう四十年くらいじゃありませんか――その長い年月、本当にお好きな芝居というものに、打込んでこられたということ、民藝には滝沢さんがいらっしゃるというような、同じ立場で文学座に杉村さんがいらした、そのことが、杉村春子という女優に、

おもいきりいい仕事をさせたのでしょうが、それだって他の人には得られなかった幸せではなかったでしょうか。杉村さんの頭の上には、数々の栄光が輝いていますよ。『稀にみる幸せな人だな』と私はやはり思いますね」

というと、杉村さんは、

「そうだと思います」

と素直におっしゃった。どうも今日は長い時間、ありがとうございました。今後もお元気で美しくご活躍下さい。

（『女の部屋』一九七〇年四月号掲載）

# たぐいまれなる気品の人

## ——司葉子さんと

**司葉子**——短大卒業後、大阪の新日本放送（現毎日放送）に勤務していたが、スカウトされ東宝と契約。一九五四年に映画〝君死に給うことなかれ〟でデビューし、その後長く東宝の看板女優として数多くの映画に出演し、舞台・テレビでも活躍した。六六年には映画〝紀ノ川〟でキネマ旬報賞主演女優賞、ブルーリボン主演女優賞など数々の賞を受賞し、その年の演技賞を独占した。六九年に元衆議院議員の相沢英之氏と結婚。

## ノーブルな美しさ

「先生とはもう十年ぶりになりますかしら、お目にかかるの、じつはイヤダナーと思ったんです。十年も間がありますと女って変わってしまいますから……。でも先生もお元気になられたとうかがって、お会いしたくて」

と司さんはおっしゃるが、十何年か前に映画界に初めて入られたとき、まだ女子学生のように、お化粧もあまりしていない司さんの、あまりにもノーブルな美しさに驚いたのだが、こうしてお目にかかってみると、写真のこの人より実物の方がやっぱり圧倒的に美しいのである。

まだ、私の病気中、新聞でふと見た司さんの写真が、あまりにも痛々しいほどやせ細っていたことを話すと、

「ええ、あの頃は胃腸をこわしてたんです。あまりやせ衰えたもんですから、一年ばかりお仕事を休んだこともあったんです」

そういえば、そのときだれかが、いや、もっとやせていたんですよ、仕事をしばらく休んでいたら、最近は少し太りましたよといったのを聞いて、驚いたことがあった。

「それにしても、ご結婚ほんとうにおめでとうございます」と私がいうと、「おめでたいんだか、なんだかわからないんですけど」と優しい顔をしてお笑いになり、「先生は何年くらいお休みになっていられたんでしょうか」と聞かれたので、この十年間の経過を話して、やっと新しく女性雑誌

『女の部屋』を創刊することに踏み切ったというと「みなさん期待して楽しみにしていらっしゃいますよ。でも、すごくお元気そうで、なんだか昔よりお若くなったみたい」とおっしゃる。

十年あまりも過ぎて、若くなれるはずもないことは自分がよく知っているので、それはそれとして、「お幸せですか」とうかがうと、すこしはにかんだ司さんは、

「さあ、どうでしょうか……三号の特集が〝愛するということ〟なんですってね。この対談のテーマも〝愛するということ〟なら、まだ結婚して、日も浅いので私は語れる資格がないので、困ったなと思ったんです」

「テーマにはあまり関係なくお話し願いたいんです。ご結婚されて、どれくらいになりますか」というと「結婚式が昨年の九月ですから、そろそろ一年近くなりますかしら」とおっしゃるので、

「お仕事はお続けになるおつもりですか」とうかがうと、

「ハイ、私は家ですることがないんです。お手伝いさんが二人おりまして、食事係ともう一人。それで献立をきめるくらいはしますけど、あとは私が家にいたらじゃまでしょ？」

## 女優はふつうの女じゃない

奥さまが家にいて、じゃまだということはないはずだが、私の持論としては、女優なら結婚をしても、仕事はやめるべきではないと思っている。結婚生活にうまく切りかえられたら、もちろんそれも悪いことではないとしても、結婚というのは大事業で、育児や家庭を切りまわすという主婦の

仕事を本気でやるなら、片手間などでは、とても出来ることではない。

女性としての生活というか、神経を身に着けなければならない年齢に、演劇界とか映画界という激しいところで、それだけに生きてきた人が、結婚をする。その記者会見のときなどに「これからは家庭に専心して、良い妻になります」などといって、二度と女優の生活に帰らないことを誓ったりする人がよくいるが、専心するといっても、少し残酷ないいかたかもしれないが、娘時代を女優生活で過ごしたことは、仕事はやめても妻にはなれず、仕事を失なった女優にしかなれないと私は思う。

だから、夫のほうが、女優をやめたのだから、もうふつうの女になったと思ったら、結婚生活はうまくゆかない。自分は女優という特殊な女と結婚したのだから、自分たちの生活は特殊な形をとらなければならないと割り切ることではないか。

「東宝の副社長の森さんが、女優が結婚するときには、いつも『女優はやめてもいいから、引退するということはいわないように……ぜったいにまた仕事をやりたくなるに違いないのだから』とおっしゃっていました。私もそうだろうと思って、最初から結婚しても仕事は続けたいと望んでおりましたし、もしかしたら続けさせてもらえるような方がおりましたら……なんて思っていたんです。娘時代に何もしないで、家事は何も身についていませんし、私にできることは片づけくらいなんですから……」

片づけができる女性ならたいへんいいのではないかと私は思った。後片づけをする神経のあるこ

とは、女性らしさにつながるのだから。司さんは、もう一度、

「片づけなんです、家のなかを片づける、出来ることはそれだけなんです」

私は思わず「それができることは、ほんとに良いことですね」といってしまった。

「先生ご夫婦は結婚されて成功なさっている先輩のお手本みたいで、それは先生にも、とても深いご理解があったからだと思います。男の人は口では、良いことをいわれても、実際はそうじゃないそうなので……」

「いやいや、とんでもないです」と私はあわててしまった。理解しようと努めてはきたが、次々に割り切れない問題がいろいろできて、理解するというか、割り切ったというか、そんな心境になれるまでには、やはり二十年くらいかかったことを話すと、司さんは、「まあほんとうですか」と目を見張っておられる。

## オタンコナスはやめて

女優という職業は、ふとしたチャンスに日本中から注目され、まばゆいような脚光を浴び、大スターともなれば会社でも、その女優さんがいるから成り立つという場合もあって、厳しい世界だとはいっても、いっぽうでは社長でも一目《いちもく》おいているだろうし、街を歩けば、みんなからワイワイ騒がれる。そして家に帰れば、家中で一番偉い存在が娘であり、表札に父親の名前が出ていたとしても、人は○○○子の家だという。

女優の収入は、ふつうの職業では、なかなか得られないような額であって、そういうことが、家族のなかでも父親より偉いのが一番末の娘だということになったりして、たとえば、娘の収入が多額だからといって、家族と生活を分けるわけにはゆかない。とすると結局家族の生活全体が娘なみに上がってくる。――そういうわけで自然に娘のわがままは何でも通り、どんなことをしても叱られたことがないという立場にさえおかれるのである。しかし、司さんの場合はこうしてお会いしているとそんな片鱗すら見えない人だが、

「そうですわね。とっても、それはよくわかるんです。私も叱られると、とってもイヤなんですもの」

と、素直にうなずかれる。「だんなさまに叱られたことありますか」とお聞きすると、「もう叱られてばかりです。オタンコナス、コンチクショー、バカヤローってばかりいわれているんですよ」と可愛らしく笑う。

私は思わず、「ああそれは良いことですね」といってしまったが、〝オタンコナス〟とは不器量な人にいう言葉だと思っていた。司さんは「そうかもしれません。でも、あんまりそういわれていますと、自分もだんだんダメになるような気がして、ダメな女優になりますから、やめて下さいっていうんです」と首をかしげて、笑顔を見せられる。

司さんは、声高に笑うようなことはないが、こんな微笑を決して忘れない人だ。同じような微笑をいつも浮かべていながら、そのときどきの感情がそのなかにひそんでいる微笑だ。

「いつも、そんなにいわれていますと、自信喪失して、女優のお仕事もできなくなってしまいそう……」

「だから、今までやっていたような仕事を、家庭に入ってからも続けるというほうが、自分の存在にも自信が持てるようで……私の家の場合は良いように思えましたね」と私はいった。

「結局そのほうが良いんだと思うから、理解するわけで……もっとも、初めから理解はしているんだ、しているんだと思い続けて、本当に理解できた（？）ような気持になるには、やっぱり二十年かかった」といったら、

「まあ、そうですか。それじゃこの記事はぜひ主人にも読んでもらわなくちゃ」といってわが意を得たという表情で例の微笑を浮かべられる。

## 女の仕事は家庭に役立つ

いまのお仕事はとうかがうと、「この夏は芸術座の〝紅花物語〟というお芝居がありますので、いまは脚本ができるのを待っているんです。先生がお元気だったころは、映画ばかりで舞台は出ていませんでしたから、こんどはぜひ一度見ていただきたいですわ」と仕事の話になると、一段と明るさを増した微笑に変わる司さんである。

話題を変えて、司さんは、あるチャンスから、映画界にお入りになり、非常に恵まれた形で映画界で今日まで過ごされたわけですが、映画という特殊なお仕事を持たれたということを、どう思わ

れますかとうかがうと、

「私、つくづく思いますのに、仕事をしていてよかったと思います。あのまままもし結婚していたら、もっともっととまどっただろうし、それこそ片づけものもできなかっただろうと思いますね」とおっしゃって、

「やっぱり〝家庭〟というものを考えてみますと、一つの会社みたいなもので、いかにお手伝いさんに上手に働いてもらうかとか、時間のやりくりなど、すべて会社みたいなものです。たとえば、お手伝いさんたちの仕事に対する構えなど、私も仕事をしていましたから、よくわかりますので、そこから引用して、ひとつずつ解決しています。すべて私の今までの仕事で得た経験の応用みたいなもので、これが、何も知らずに結婚していたらと考えるとゾッといたします」

何も知らずにといっても、女優ではないただのお嬢さんだったからといって、ただ、ボヤーッと暮らしているわけでもないし、ふつうのお嬢さんなら無意識のうちに、良い家庭の主婦になる訓練や、見聞きすること、すべてそれに結びつけて、最後は自分が主婦になるんだというひとつの目標みたいなものがあるだろうし、それはそれとしてできるのではないかというと、

「そうでしょうか。でも外でお仕事を持っておりますと、相手が何を考えているのだろうかとか、いまは何か考えているんだなとか、何かあったんだなとか、ちょっとひとこと聞いても、ああこういうことなんだと、いうようなことはわかります。だから、これは私も仕事をしてきたからなんだと思うことが、たびたびです。そのかわり、ほかのことで気がつかず、過ごしていることもたくさ

んあるだろうと思います」とおっしゃる。

## わがままで、ダダッ子で

ご自分でわがままだと思われますかとお聞きすると、

「ええ、わがままなんでしょうね。やっぱり女優ですから、司葉子という存在のようなものがあったために、できたわがまま……。司葉子という生活が長かったために、どうしてもふつうの家庭のお嬢さんの持つわがままとは違ったわがままが出てきますよね」

しかし、そのわがままがなかったら、女優という仕事はつとまらないのではないかと、私はいった。司さんは、東宝で非常に大切にされていた方だから、そんなに気が強くならなくても自分の立場が保てた、幸せな女優さんではないかと思う。初めから会社から大型のスターを約束されていて、そのスケジュールがちゃんと組まれていなかったら、自分で必死になって、その立場を築かなければならない。だから他人のことなどは考えていられない、となれば、それはたいへんなことになってしまう。すると司さんは、

「そうですね。でも本当は、たいへんわがままなんです。たとえば、主人との間で意見の食い違いがあっても、絶対にゆずりませんから」とおっしゃるので、どんなことが食い違うのかうかがうと、

「たびたび食い違いがあるんです。それはむこうから見たら絶対に間違っていないことで、私からみたら絶対にイヤなこと……これだけはイヤだからイヤなの、あなたの方が間違いなの、と自分の

方を主に考えますから、これはわがままなんですね」と、優しい表情で、少しダダッ子のような口調でいわれると、それが少しも不自然ではなく、可愛らしい雰囲気をかもし出すのだから、これはこの人だけにある人徳とでもいうのだろうか。

「どちらから歩みよりますか」と聞くと、「私の方からはしません。私が悪いことがわかっていても、でも『ダメなの』っていってしまうんです」

この人はまったく不思議な人である。これを文字だけで読んだら、さぞかし、手のつけられないわがままのように思うかもしれないが、この人がいうと、あどけない少女のように可愛らしい。やはり美しいから、許されることも多いのではないだろうか。

「わがままも徹底していますから、もうあきらめて、子供のダダのように思っているんじゃないかしら」

と、ちょっと困った問題にぶつかったような、われながら呆れはてたような表情で、優しい微笑をされる。

## 〃賢く美しく〃はむずかしい

三人のご姉妹で、一番下が司さんだと聞いたが、お姉さまたちの結婚生活をごらんになって、ご自分と比較されてどうですかとうかがうと、

「母も含めて、母の結婚、姉たちの結婚と見てまいりました。だから自分の場合は、こういう結婚

だったら、できるんじゃないかしらと、やっと見出して結婚したようなかたちなんです」

私はあまりくわしいことは知らないが、何かで、結婚されるという記事を読んだとき、ああとても良い結婚をされたんだなというふうに思った記憶がある。

「やり抜いてゆかなければいけませんね」というと、

「さあ、先ほど先生は二十年たって、初めて理解する気持になったということを、おっしゃったので……」

それでご自分も二十年たったころに、理解できるだろうというのだろうか。そこで、

「だんなさまはたいへんいい方のように思いますが、どんな方ですか」とお聞きしてみると、

「結婚する前から、彼は芝居が好きで、学校にもゆかず芝居ばかり見ていたといいますから、ひとつには私が仕事をするのを楽しみにしているようなところもあるんです。その点は非常に恵まれていると思います。私も中途半端では、いまの仕事は続けられないと思ったんです。婚約時代には、仕事をしてもいいなんていっても、いざ結婚したら反対されるんじゃないかとも思いました。ところが、いまはとても仕事がしやすくて、結婚前よりも仕事の量が増えたぐらいです」

それでは、だんなさまは、私の二十年目くらいの気持を、いま持っておられるのかもしれない。むかしの女性は、結婚をすることのみが、女の行く道だと決められていたのに対して、いまは、女性にもいろいろな仕事が待っている。だからむかしの女性は、人それぞれに、違ったところがあったとしても、結婚に不向きな女性になってはいけないと、幼いころから、しつけというか、訓練の

ようなものをされてきたわけだが、このごろは女性が、娘時代に何らかの仕事を持っているのがふつうで、その仕事によって身についたものが出来てくる。とすると、それは、いわゆる〝家庭的〟というタイプばかりではなくなる。だから結婚生活も、いろいろな型のようなものが生まれてこなければならないわけで、したがって男性にも司さんのだんなさまのように、いきなり私の二十年目の考え方の出来る方が現われてきたのかもしれないというと、

「でも先生のお話をお聞きすると、いままで探っていた男性の心理もいっぺんにわかりますわね。不満だの、何だの……。でも、私はこのままで良いのかしら」と首をかしげる。

「女性が結婚のほかに、もう一つ仕事を持っているということは、いろいろな意味で、夫として忍《にん》耐《たい》しなければならないことがたくさんある。それは知っていなければなりませんね。司さんは、美しく賢く生きぬいて頂きたいと思いますよ」というと、

「いま、先生はほんのふたことでおっしゃいましたけど――賢く美しくと。でもそれはむずかしいことですね」とうなずかれる。

「司さんのように、私のいままで生きてきたなかで、一番美しいと思った人が、不幸になっては困りますね。だから賢く美しく」というと「まあ、どうしましょう」と、こぼれるような笑顔を見せられる。

## 私は新米の監督さん

家庭の主婦の仕事の中で、何が一番得意で何が一番苦手ですかと聞くと、

「私は監督はうまいんですけど、自分でやるのはみんなダメなんです」

「じゃあ、それで良いんじゃありませんか――」と思わず私はいってしまった。司さんのようなスターと結婚する男性が、家事いっさいを自分の手でやらせようと考えるはずはないし、それは人手さえ整えておけば、済むことだ。ただ、妻という立場を心得た神経だけは忘れてほしくないもの。だから夫が心おきなく、外で働けるように、家庭の中の監督をしっかりやってほしい、ということではないだろうか。

司さんは「大きな料理屋さんなどに行くとお店のご主人が、ちょっと高いところで、何かと指図をしているのを見て、ふと自分も、あれと同じなんだなあと思いました。それで思わず吹き出してしまったんです」とおっしゃる。その心があれば充分ではないだろうか。あの料理屋の主人が、高いところで細かく指図する、その主人の心づかいが、細かくゆき届いているかどうかで、店がどんなにでも左右されるのだから……。

「ところが、そんなに完璧じゃないんですね。私は新米監督なもんですから、大事なところが抜けてしまって……」

同じ悪事を働いても、美女がすると、意外に罪にならなかったりすることもあるんですと冗談を

いうと、

「あら、とんでもない」とおっしゃって、「いままで、私のまわりには私を助けてくれるいろんな人がいて、たとえば電話番号をすぐに覚えるのが上手な人には『あの番号覚えといてね』といっておくと、何かのときに、『あそこ何番だったかしら』と聞くと、すぐ答えてくれていたんです。それから料理をする人、掃除をする人、庭の手入れをする人、とそれぞれ分担が決まっていました。私は庭の掃除が好きで、それだけは自分でよくしたんですけど、結婚してみんな別々になりますと、一時はどうなることやらと思いましたが、やっと立ち直って、高いところから監督することだけは、身につけたいと思ったんです」とホッとした表情をされるのだが、外で大切な仕事を持っていて、いつでも家庭を見張っているわけにはいかないので、主婦がわりというか、見張り役の人を、また見張っているくらいのつもりでないと、うまく行かないかもしれませんね——と私がいうと、

「片づけものなどは、仕事に入る三日くらい前から済ませてしまうように心がけています。そして『今日から私はお嬢さん』と宣言します。すると主人が帰ってきて、『やあ、お嬢さん』というので、私は『父上』と答えるのです。ときどき『あら、お嫁さんにしてくれないんですか』ともいって、からかいます。でも、そんな、なごやかなときばかりではないんですけれども……。いつかも『子供の使いもできやしない』って、とても叱られました。前はまわりにいた人が、なにもかもしてくれたり、覚えていてくれたりだったものですから、それがいけないんですね」と、ちょっと自分の気持をふりかえるようにおっしゃる。

それなら私にも同じような経験があって、他人で済むことは全部人まかせにしていて、知ろうとするとか、覚えようとする能力みたいなものが、だんだん衰えるらしいですねというと、

「そうですね。あれは訓練ですね。私のような仕事は、台詞《せりふ》を覚えるのは早くなる訓練ができているのですが、仕事が終わったら、忘れることも大切なんですね。この前に演じた場面と同じような場面にぶつかると、頭の中で混乱してしまう。ですから済んだものは、さっぱりと忘れる訓練も必要だったんですが、家庭のことは、それじゃ話になりませんわね」

## 映画の良さ舞台のむずかしさ

映画はやはり東宝ですか、とおたずねすると、

「ハイ、もう契約は切れておりますが、ずっと東宝でしたし、演劇部に入らないかという話もあったり、映画も作品企画が出ているんですが、しばらくは生活が変わったので、見通しがきちんとたってからにしようと思います」

お芝居と映画とどちらが面白いですかと聞くと、

「映画はもう、それこそいろんなことがわかっていて、自分の思うようになるので楽しみです。舞台の方は、まだまだで骨が折れますけど、これも魅力のあるお仕事だと思っています」

舞台でたいへんに成功されたと聞いているが、司さんの美しさは映画的ではないのかと私は思うので、

「舞台では〝きれいに扮することのできる条件〟を持った人が美しい女を演じる方が、迫力があるように思うんですが……」というと、

「自分でも映画が一番向いていると思います」と司さんがおっしゃるので、

「いつか演技賞か何かを受賞されたと聞いていますが、あれは舞台ですか」とうかがうと、

「いいえ、舞台ではまだです。映画の〝紀ノ川〟で七つの賞をいただきました。映画と舞台とでは、そのテクニックがまったく違いますから、舞台に出るのならば、もっともっと、自分で経験しなければ身につきません。みなさんが芝居は面白いでしょうとおっしゃいますが、まだまだ苦しいことばかりで実感が湧いてこないんです。いろんな人に見ていただいて、いろいろ批評されると、それがとても勉強になると思います」

司さんが、今後も舞台に出られるんだったら、良い、そして厳しい演出家にビシビシやられることではないだろうか。役者は出来るだけ難しい役にぶつかって、厳しい監督や演出家に、たたかれて、たたかれて、何とかしてその役を演じ切ったところまでに到達する――その経験の積み重ねが大切ではないだろうかというと、

「難しい役をするということ、なかなか冒険ですけど、それをしないと今までの殻がなかなか破れないような気がするんです。私、結婚したんだから、演技の上でも一歩前進したといわれるようにならなければダメだと思っています。それから一度には無理かもしれませんが〝色気〟っていうものを、自分の中に入れられたらなんて思っているんです。いままでは、体質的にそうなのか、気持

がそうなのか、〝色気〟のある役というのを、あまり演《や》ったことがないんです」

## 理想的な結婚生活

ある意味では、結婚されたことは、今までとはずいぶん違ってくるのではないだろうか。やはり未婚であるということ、お嬢さんという意識が、女優としては邪魔になるようなことがあるかもしれない。それが、これからは、自分の持っているもの全部を、表に出すことが平気になるのではないかと私は思った。

「いまは大失敗しても、拾ってくれる人がいるという気持で、いままでのように、失敗は出来ない、失敗しちゃいけないないみたいな意識が先に立つ、そういう迷いのようなものがなくなって、冒険でも、何でもやってみようという自分に期待しているところなんです」というのだから、女優の結婚はたいへんむずかしいといわれているのに、司さんは幸せな人だ。

「もう、結婚なさらないのかと思っていました。原節子さんみたいに……」

「私も、しないつもりだったんですけど、ふとマがさしちゃったのかしら……」

前からご存知の方だったんですか、とうかがうと、

「いいえ、フランス語の先生ご夫妻を、お茶の会にお呼びしたことがありまして、そのとき、外国語に強い方をと思って、あちこちの人をお招きしました。姉の主人が大蔵省におりまして、その関係の方もお見えになったんですが、その姉の主人はこれほど音痴な人はいないと思うくらい音痴な

のに、声高に校歌を歌い始めたんです。みなさん、ウェーッて、ウンザリされているのに、一人だけ、ニコニコして、ウンウンなんて合づちを打つように見ている人がいたんです。それで私は、なんて優しい人だろうと思って、それがいまの主人なんです」

するとあなたの方からプロポーズされたんですか、と聞くと、

「いいえ、ただ、いい人だなあと思っていたんです。兄のお友だちですから、ときどき家にお見えになるし、そんなことから……」

「よかったですね。そんないい方にめぐり会って……ほんとうによかった——女優の結婚は、むずかしいものだけれど、理想的ご夫婦になれそうだし、女優としても理想的な結婚生活が出来そうですね」

「さあ、わかりません。二十年たってみなければ……」

恵まれた環境に育ち、女優としても幸せなスタートをして、十数年の女優生活にもこれという波風もなくこんな順調に過ごされた美しい司さんが、今後も結婚生活と女優の道をどんなにうまく切り開いてゆくか。……そしてこの人の人生の最後の日に、やっぱり自分は幸せだったんだと思えるような生涯を送ってほしいと願うばかりだ。

（『女の部屋』一九七〇年九月号）

# 第二章　美しく生きるために

# ある少女の手紙をめぐって
## ――村岡花子さんと

**村岡花子**――児童文学者、翻訳家。女学校在学中から童話を執筆し始め、結婚後に英語児童文学の翻訳紹介を始める。戦前には子供向けラジオ番組にも出演し、人気を博した。市川房枝の勧めで婦人選挙権獲得同盟に加わり、その後女流文学者協会理事などを歴任。戦時中からこつこつと翻訳を続け、一九五二年にようやく出版されたモンゴメリの『赤毛のアン』シリーズは、現在まで長く日本の読者に愛され続けている。六八年に逝去。

## ある少女の悩み

**中原**　先日私のところへ女の子の手紙が来たのです。書き出しは、私は『ひまわり』が非常に好きだ、しかし買えないので友達に見せてもらっている、そして、私は先生のお描きになるような美しい、清らかな少女になりたい、誰だってそうなりたいに違いない――そんなことが書いてあって、自分は今苦しんでいる、それでこの手紙を書いたというのです。自分のお母さんは悪いことをしている、自分はその娘であることが非常にいやだ――それは闇の商売をしている、終戦間もない頃は自分も大して気にかけなかった。ところがこの頃世の中がまともになって、そういう行為をしている人としていない人がはっきりしてくると、自分は気になり始めた。お母さんを責めたいけれども、よく考えてみれば母娘二人で、お母さんはどうしてもそんなことをしなければならないことを考えると、それも責められない。普通には針仕事をしている、そのほかに闇の商売をする。けれども愛するがゆえにやってるのだと思うと責められない。しかし愛し方が根本的に違っているのじゃないかということが私の悩みなのだというのです。お母さんは私が責めると、それでは母娘二人きりでどうして食っていけるか、今、どちらか一人が病気しても、一年やそこらかまわないだけの貯蓄ができているのもそういうことをお母さんがしているからではないか、そういうことを考えないで、ただ私が悪人か何かのようにお前に責められるのは非常に不愉快だ――と、非常に怒り、そんなときのお母さんはもうおかしくなってしまうのじゃないかと心配になってくる。しかし自分はどうしてもいやでならない。自分の女学生時代は非常に楽しかったけれども、その女学生時代がお母さんの悪いことをした収入で過されたと思うと、自分の生涯のしみ――拭っても拭えない心のしみのように思える、自分はどうしたらいいか。今は勤めているが食べるにも足りない。自分はタイプを習っている、その月謝を払うと何もできず、お母さんに手伝ってもらわなければならない、だからお母さんに今の仕事をやめろとは言えない――自分はどんなことでもやる決心がついている、今どうしたらいいかわからないから、この手紙に答えてくれ、そういうのです。

　最近大なり小なりそういうことを感じてる少女がたくさんあるのじゃないかと思うのですが、はたしてそれがどういう風に悪いか。それに対して答えがなければならないと思うのですが。

**村岡**　それは闇屋さんなんですね。

**中原**　闇というのは新聞なんかでもたいへん悪いことだということになっておりますね。その闇行為を最近はしないで暮らしている人もあるのに、自分のところではなぜそれをしなければならないか。

**村岡**　ある程度お母さんが豊かな暮らしを求めているのですね。豊かというか、きちきちの生活は心細いから……。

**中原**　というより、このお母さんは娘さんを女学校にも出したい。それには針仕事だけではだめだ、病気したときも多少の貯蓄がなければならない、と思うのでしょう。

**村岡**　とてもむずかしい問題ですね。

**中原**　これは娘とお母さんと二人きりだからお母さんのしていることが目立つのですが、お父さんが会社へ行っていてそういうことをしている場合もたくさんあるでしょうね。

**村岡**　闇のブローカーなどもありますしね。

**中原**　それをあまり悩まなくなるのが最近の少女の傾向ではないかと思うのです。だいたい少女時代には善悪に一番きびしいものをもっていると思うのですが。

### 母の考え方と少女の立場

**中原**　娘一人のために、娘を立派に教育したいために、娘を愛するがゆえに、悪いとは知りつつも闇の行為をして、大きな荷物を背負って——これは決して女らしい心を満たす仕事じゃない、針仕事をしている方がお母さんは幸福かもしれないけれども、それでは子供を奉公に出すとか何かしなければならない。自分の子には美しい思い出、楽しい女学生時代を過ごさせてやりたい、周囲に恥かしくない娘にしてやりたい、そういうことを思って、そういう仕事をしているのですね。そんな場合、この母親を果して責められるか……。

**村岡**　そうですね。今のお母さんの場合は実に気の毒ですよ。気が違ったようになるのは、言われなくてもわかってるんだというところでしょう。

**中原**　そういうことは禁じられていることだろうけれども、やってるのは何もうちだけじゃないという気持が大人にはあると思うのです。それが少女だからこそ……。

**村岡**　……妥協はできないと思うのですね。

**中原**　そうですね。少女というものはやはり正しいものと正しくないものをきびしく批判する年齢だと思うのですね。僕はそういう時代のその悩みを非常に貴い悩みであると思うのです。しかしそれをただ貴い悩みだからといってはたから眺めているのではなく、一番いいものとして培ってやりたいという気がするのですが。そういう答えを与えてやりたい……。

**村岡**　わかっていることは、どうしてもそれをやめることなんですよ。これよりほかにない。最も良い道というのはただ一つしかない。正しい道は一つしかない。そうしてお母さんに、そういう仕事をやめて、どんなに苦しくても、足りなくても、私たちの生活をしていこうじゃありませんかということが一番正しいことなんです。あとはみな妥協案なんです。だから私は本当に真剣に正直に言えば、それはあなたとお母さんとよく話し合って、針仕事だけがお母さんの仕事であるか、あるいはほかの人に相談してみれば針仕事よりほかに安定した仕事があるかないか研究して、今後はやれるかもしれません。

**中原**　とにかくほかに闇の収入の多い仕事があるから、針仕事も普通にやっているけれども、そういう闇ができないということになったら、もう少し割のいい仕事を……。

**村岡**　同じ針仕事にしても、よりいい仕事があるかもしれませんね。ただ仕事が来るのを待っていないで、大きなデパートに専属してやるとか、あるいは留守番などもいいし、いろいろな仕方があるのですね。ですから母と娘が本当にぶつかって、一時はお母さんは怒るでしょうけれども、怒る気持はわかってるんですから、本当に話し合っていって、その生活をやめる以外には、本当の平和は二人の間には来ないですよ。今までひどく大闇をしていたのをだんだんやらないようにして、徐々にそこから抜け出す方針を二人で立てて、今度はこれをやめましょうというように相談してやる。過去に対しては娘さんも、自分が女学校を卒業したことさえ汚らわしいという思いは捨てなければならない。

**中原**　僕もそれをいいたいのです。しみではないですね。

**村岡**　そうです。

## 健康な反省と正しい批判から新しい道がひらける

**中原**　お母さんが間違っていたことは認めなければならない。しかしそれは本当の間違いじゃない。

**村岡**　つまりお母さんの判断の間違いなんですね。お母さんはそれよりほかにやる方法がないという判断のもとにやったのですから、お母さんの間違った判断のもとに育まれてきたが、その間違った判断をするもとには愛があるのだから、決してしみではない。むしろある意味から言えば名誉だと思う。お母さんがそれだけの危険を犯し、恥を忍び、女学校を出してくれたということは、しみじゃなくて、誇ってもいいくらいに考えるのです。

**中原**　僕もそういって、誇りなさいということを返事してあげたいと思っていたのです。

**村岡**　過去に遡っていろいろなことをいうのはセンチメンタリズムですよ。感傷にひたって、いろいろ考えて涙をこぼして――それはある快感があるでしょう。そういうくせは少女時代には非常に強い、そこがむずかしいのですね。そのけじめが。それじゃ無反省かというと、そうじゃなく健康な反省は必要です。どうにもならないことを幾度も幾度も思い出して、賤のおだまき繰返してやってると、そこには一種の楽しみが出てくる。それよりもむしろ気分を転換して母を見てごらんなさい。自分のために危険を犯し、誤った判断のもとに一目散に走ってきた母の姿は実に哀れな姿でしょう、その哀れな母の姿に涙を流す方が本当だ。同じ流す涙ならばそちらの方に流すものです。そうすれば母は、今までただ自分一人で守ってきたのが、今度は相談相手になれば、そこから生活の局面が展開してくると思うのですけれどもね。

**中原**　たしかにそうですね。そういうふうに健康な反省をしているならいいのです。しかし悪いことが悪いことのように批判されないのが今の時代だと思うのです。今まではセンチメンタルであっても女学生が、正しくないことを歎き悲しんだのが、今はそんなことといったって誰でもしてるじゃないか、そんなことやってるのうちだけじゃないとか、悪いことが大目に見られているけれども、善と悪をやはりはっきりわけて正しくなろうとする時代があってこそ――。

**村岡**　あってこそなのです。

**中原**　それがないと、一体どんな大人になるか。少女時代にはきびしい批判をしていても、大人になるといい加減になるのが多いのに、それでは心配になってきます。その点この手紙の少女の批判がきびしいことは嬉しいと思うのです。

**村岡**　教育の力ですよ。ですからこの場合現象としてはおもしろいのです。一生懸命闇をしながら子供を女学校を出して、結果としては批判されている。しかしそこに教育の価値がある。

**中原**　それはお母さんと二人だからはっきりしますが、一般家庭では……。

**村岡**　いろいろありますよ。その娘さんは非常に正しいと思うのです。お母さんと二人で一緒にやる人だってあるし（笑）。

**中原**　女学校がいろいろな取引の場所になっているとかいう話だってあるくらいですからね。

**村岡**　そうですよ。今はそんなの平気ですよ（笑）――それから新興成金なんか得意じゃないですか。学校の寄附も変りましたね。真面目に教育を支持したい人はお金がないでしょう。教育なんて大して考えない人の方がお金はどんどん出してる。まるで変ってしまった。そして娘たちは、うちはいくら出したとお得意（笑）。

**中原**　そういう大きな新興成金が必ずしも闇行為で財をなしたかどうかわかりませんが、立派な闇会社の社長さんのお嬢さんならばちょっとお父さんが悪いことしてるみたいに見えない。お母さんが大きい風呂敷包みをもって買出しに行くからこそ、はっきりしてしまう。

**村岡**　やはり私はその娘さんはいい娘さんだと思うのですね。ただ過去を責めることはやめて、これから先の建設を二人で考えていくことね。なかなかむずかしい問題ですよね。でもこれは大きく考えていけば、個人の悩みでなくて、政治の貧困、そういう面から考えられると思うのです。政治家が国民の中にその歎きあらしめるような政策をとっている責任ですね。ですからそういう例を私たちはたくさんひっさげて、政治家を責めることだってできると思うのです。そのくらい大きな問題だと思うのですね。

**中原**　女学校という肩書をそんなに大切にする必要はないという見方もありますね。正しく生きるために。

**村岡**　私はそれを思うのです。昼間働かせて夜の女学校へ行かせてもいい。近いところなら夜の女学校でも心配ない。方法はいくらでもあったのですけれども、しかしそれは済んだことですから――。

**中原**　でも、教育してやりたいというよりも、楽しい昼間の女学校の生活をさせたいというお母さんの気持でしょうね。

**村岡**　それから、夜の女学校についてあまり知らないということもあるのですね。

**中原**　まあ、そう言ってみれば実も蓋もないようなものでしょうけれども、お母さんの一種の虚栄心から女学校にやりたいという気持――夜学なら女学校へやる必要はないのだ、昼間の女学校にやりたい……。

**村岡**　本当の学問をさせたいという気持よりも、やはり古い、肩書をつけなくちゃならないという気持もあるのでしょうし、いろいろ複雑なんですよね。そこから抜け切ってしまえばもっともっと朗らかな解決法はあったわけですけれども、それはまあ済んでしまったことだから、今さらいろいろ責めても仕方がない。実にむずかしい問題ですね。

## 祝福すべきこの少女の悲しみ

**中原**　僕がこの手紙を『ひまわり』の中へとり上げたいと思ったその気持は、そんな事に苦しんでいる少女に与える返事と、それからそういうきびしい批判をしている人が今少なくなったということの一つの歎き、それからきびしく批判しても大人になったらかなりでたらめになるのが多いですね。だから僕は、最後まできびしく批判したいと思うのです。大人になったらきびしく批判しなくなるということを普通にいっているけれども、この世の中ははたしてそれでいいか……。

**村岡**　私はそうであってはいけないと思うのです。

**中原**　それを少女たちに教えてやりたいと思って、その子の問題をとり上げつつ、そのことが言いたかったのです。

**村岡**　最後までそういう正しい気持で行く少女が増えていくことが日本のために好ましいことだと思うのです。だから今の問題の少女の悲しみは祝福すべきものだと思うのですね。祝福すべきものであるという前提の下に、もうすでにどうにもならない過去にはこだわるな。しかしこれから先と現在というものはみんな私たちのところにあるのですから、それをできるだけ良くしていく。そして正しいことと正しくないことを判断する気持はいつまでも持ち続けて、そのいう人がどんどん増えていくことを期待したい。ことに女の中にそういう人が増えていくことが結局将来の男の人たちを良くすることで、考えてみれば今までの日本の女には、そういう面についてはっきりした批判がないのですよ。そんなことといったって、とかなんとかいって育てられてきたから、今の大人はいい加減になってしまった。私はそういうことは非常に大事なことで、国の文化と国民の教養に大きな関係があると思いますね。

**中原**　では、どうもいろいろありがとうございました。毎月『ひまわり』を読んでいるといっているその少女が、村岡先生のお話で、明るい希望を見出せたら本当に良いと思いますし、一般の読者の方も大変得るところがあったと思います。

（『ひまわり』一九五〇年一月号掲載）

# きもの対談
## ——水戸光子さんと

**水戸光子**——高等女学校中退後、熱海のホテルのウエイトレスをしていた折にスカウトされ、一九三四年に松竹蒲田撮影所に入社。三九年、映画〝暖流〟の看護婦石渡ぎん役に抜擢されて映画スターの座を得る。以後、明るい庶民の女性役を中心に〝美しき隣人〟〝王将〟〝雨月物語〟〝宮本武蔵〟など多くの映画に出演。七三年の〝戦争と人間・完結編〟を最後にテレビ界に転じた。八一年に逝去。

細かい雨がさすがに初冬らしく冷え冷えと鈍い銀色に光っていたが、珍しくその日は閉め切った部屋のなかでは汗ばむような暖かさだった。銀座R亭の二階、銀座裏の雨影が広がる窓を背景に、向い合って席についた。水戸さんのお召しものは、一見絣のように見える茄子紺と鼠がかった白の階調で、様々な角《かく》の模様が、丁度小さなあまり裂をいくつも継ぎ合せたような感じで染め出された小浜縮緬。極めて地味な感じだが、いかにも水戸さんらしい清楚な、落ち着きを見せた美しさで着こなされていた。水戸さんの臈《ろう》たけた長身は、映画で感じるあの可憐さ、一口に巧まない、つつましやかな美しさといわれているものよりも、こうして直接お目にかかった時の方が、よほどみずみずしい魅力に溢れた美しさだと私は感じた。それにたいていの女優さんから感じる、華やかさとか、派手さというものがないことにも非常に好感が持てて、何か磨きのかかった品格のようなものさえ感じられた。

「水戸さんについて僕はいつも考えるのですが……。〝暖流〟で水戸さんは、黒や絣などの衣裳で、石渡ぎんと言う看護婦の特異な性格なり生活なりを、非常に良く出していました。映画の筋を離れて、衣裳でもって石渡ぎんという役柄をよく物語っていたように、今迄の衣裳としての役割以上の効果を示して、日本の映画に見られなかったコスチューム・プレイとしての効果が、初めて見られたと思いました。特にあの衣裳の影響で、若い女の人の間に絣や黒のような地味なきものが流行した程で、僕も水戸さんは静かな美しさの似合う人だと印象づけられました。あの衣裳をあれまでに着こなしたのは、なんといっても水戸さんの才能だ、と思っていますが、あの衣裳はあなたのお好みですか。それとも演出者の指定ですか」

水戸さんは映画で見られる、軽く小首を傾げるあのあどけない微笑で聴いていたが、

「あれは演出者（吉村公三郎氏）の指定で、私と高峰三枝子さんとを、黒と白の衣裳に使い分けたものなのです。高峰さんを全体に白で、私を黒系統で、つまり二人の性格を黒と白の衣裳で区別したものなのですね」

「そういえば、高峰さんは隙のない洋服が似合う人ですが、水戸さんはくずせばくずすほど、丸みを感じる身近かな美しさで、非常に対照的ですね。〝暖流〟では僕は水戸さんの黒と白との静かな調和がことに印象的でしたが、あれだけの衣裳にするには、やはり水戸さんと監督さんとで研究したものなのですか」

「ええ、監督さんによっては全然かまわない方も、非常に細かい所まで指定なさる方もありますが、大概自分の好みをもとにして選んでおります」

「自分で写真を撮るような場合もありますか」

「ええ、そんなこともずいぶんあります。やっぱり自分の好みに合わない衣裳ですと、気になるせいか、演技なども思うように表現できないような気が致しますから……」

「そうすると衣裳が、その役の出来不出来を決定的なものにしてしまうともいえるわけですね」

「そうなんですの。それに映画には色がありませんから、柄だけで選ばなければなりませんし、よいと思ったものでも、バックによっては、柄など飛んでしまうことがあるんですの」

「そうですね。実際見た場合より、写真にしてから効果がなければならないのですから、むずかしいわけですね。外国の撮影所には、デザイナーとか、メーキャップマンがいて、女優さん一人一人について、扮装や化粧などが研究されているようですが、日本ではそういう扮装上の相談役のような人はいないのですね」

「ええおりません。そういう人がいて、指導して下さればいいと思っておりますが……」

「僕はそれでよく思いますが……やはりそれは、そういったデザイナーやメーキャップマンがないためでしょうが、例えば女学生の扮装をするのに、髪をお下げにしたりしますが、ちっとも女学生らしい感じが出ていないで、成熟した女がそういう服装をしてみたという感じしかしないようなことがよくあります。これは女学生のする着付け方や、何気ないテクニックなどを知っていたら、ちょっとしたコツでその空気を出すことが出来るのですが、どんな扮装をするのでも、それらしい空気を感じさせるものにしなければいけないと思いますね」

アメリカでは四十歳の女優が娘役をやっても別におかしくない、それは衣裳と演技が渾然一体となったものであること、日本の女優は衣裳に対して極めて観念的であること、いかに衣裳を通じてその役柄になり切るかということ。女優さんしか知らない苦労を時々語りながら、熱心に聴き入る水戸さんは、ほんのり上気した頬をほころばせながらも、どこか真剣な調子がうかがえる。

「いま水戸さんの着ていらっしゃるきものは、なんというものですか」

と、私は、さっきから気にしていたことをお訊ねしてみた。

「これは大原女模様というのだそうですの、あの京都の大原女の……」

京都の有名な風俗で、頭に薪を載せて売りに来る大原女は、紺絣の小さな裂を縫い合わせたきものを着ている。水戸さんのきものは、その紺絣の継ぎ合せの味を取り入れて染め上げた、雅趣ゆたかなもので、名づけて大原女模様というそうだ。

「そのきものなど、大分地味な感じのものですが、あなたは非常に巧みに、いわゆる地味なものを若々しく着こなした感じで、よくお似合いですね」

「大体私は派手なものが似合いませんでしょう、ですから、なるべく自分らしいものという好みでいるつもりでしたが、いつの間にか地味なものが、一番自分らしいと思うようになってまいりましたの」

「ああそうですか。では金糸銀糸のようなものは、あまりお好みになりませんか」

「そういう華やかなものを着ている方を見ると、ほんとに綺麗だと思うのですが、それを自分に移して想像すると、それほどよいと思えませんの」

「では、晴着などには特別なお考えがありますか」

「私は着飾ることが下手なものですから、晴着というより、例えば、お正月のきものでも、自分の好きなもので、普段着のように楽に着ていられるものを着るようにしております」

「水戸さんは映画でほとんど洋服をお召しにならないようですが、普段でもきものですか」

「ええ、めったに洋服を着ることはございませんの」

水戸さんはそうおっしゃる。実は洋服のお好みについても何かお訊ねしたかったのだが、特別に御意見もないようなので、

「では、どういうものがお召しになりたいか、今後どういう好みにしていきたいか、ということについてお話し下さいませんか」

　と、まことに漠然たる話題ではあったが、どちらへともなく私は言った。

「それは先生に教えていただきたいと思っていたことなのですが……」

　と水戸さんは、しばらく例の癖のような小首の傾げ方で、考えておられたが、

「いろいろ、欲しいものや、着てみたいものもございますけれど、現在では新しくつくるということができませんので、困っておりますの。今のところは私は、自分の好みをどういう風に変えてゆこうという考えは持っておりませんが、いつまでも今のままの、決まりきったような状態を続けて行くということは、どんなものですかしら」

「そうですね。あなたのものとして、非常に個性的な、立派なものが出来上っているのですから、別に変えていくこともないと思いますが、何か思い切った転換なども、また新しい魅力になるのではないでしょうか」

「思い切った転換から、新しいものを摑み出すことなのですか」

「その意味もありますが、もっと身近なところにもありますね。僕は女優さんのきものには新しさというものよりも、むしろ指導性というものがなければいけないと思っています。また役と衣裳の

ことになりますが、いろいろな役に扮装する時などに、それらしく粧いながら、女の人一般に、誰でもがとり入れたくなるような美しさを見せてほしいのです」

「役を通じて、その役の人間の美しさを見せるということでしょうか」

「ええもちろん、その役らしい美しさなのですが、例えば〝暖流〟の石渡ぎんのように、看護婦なら看護婦らしく粧っていながら、いわゆる美人看護婦にしない、つまり看護婦タイプの美しさではなく、どんな女性にもその美しさがとり入れたくなるような、普遍的な美しさでなければいけないのです」

「そうしますと、どんな型の女にでもある美しさですのね」

「そうです。女事務員にでも、看護婦にでもあるもので、今までに見出せなかった美しさを、工夫によって発見して、この型の女にもこんな美しさがあるということを教えるのです。ですからそれは、看護婦や女事務員だけがとり入れたくなる美しさではなく、どんな型の人でもがとり入れたくなるようなものですね」

「わかりましたわ。いろいろな女のタイプを、それなりに見せながら、いろいろな種類の女性に共通する新しい美しさを見せることですわね」

「いわゆるモダーンでない、新しさで……」

「ええ、よくわかりましたわ。つまり、型にはまった美しさでは、いけないということですね」

「そうです。ただ派手やかに着飾った美しさではいけない、ということにもなりますね」

「そうしますと、女事務員とか看護婦とかの粧いの中には、比較的、魅力というものが少ないために、それを補う意味で、そういった工夫が必要になってくるわけでしょうか」

「ええそうです。しかしこれは、お嬢さんの粧いをする場合にも、必要なことなのですよ。今までのお嬢さんの粧いというと、非常に観念的できまりきったお嬢さんらしいタイプがあって、そのタイプの中でいろいろなお嬢さんができていたわけですが、そのお嬢さんらしい粧いの中に、新しい美しさなり、新しい粧いなりの工夫がほしいのです。そんな点で、高峰三枝子さんの令嬢役など、いつもそういう新しい美しさが工夫されていていいと思いますね」

「本当ですわね。非常に個性的な美しさというものを感じますわ」

「あの人自身の魅力としても、僕はそんなところにあるのだと思いますね」

「このあいだ、しまい込んであった母のものを出してみましたら、非常に私に似合いそうなものがありましたが、そういう自分の年齢以上のものを、現在にふさわしいものにして、着てみたいと思いました。それからまた逆に、現在着ているものが、十年たってもそのまま着ていられるように工夫したいと思っておりますが、そういったことについて、何かお教えいただけませんでしょうか」

「そうですね。洋服のようにデザインというものがなく、柄か色だけで選ばなければならないものですから、例えば、二十歳だから派手なものや、赤いものにするという選び方をしていたら、十年たったらそのまま着るということはできませんね。つまり、柄や色だけに頼らず、きものに関するもの全部の組み合せで、その年齢にふさわしい感じを出すのです」

「そうすると、現在のものとしては、ずっと地味なものを選ぶべきでしょうか」

「地味にするというより、二十歳だから二十歳らしいものという選び方がいけないのです、例えば二十歳の時に、グリーンのきものに赤い帯を選んだとしますね、これが三十になった場合でも、羽織や、帯や、帯締めなどの対照全部の色調によって、三十歳にふさわしく着ることができるわけです。ただしこのグリーンのきものに赤い帯というのは、呉服屋が二十歳の人のために作ったものではなく、着る人自身の創り出した、個性的なものですから、その人が三十歳になった場合でも着ることができるのです」

「では、その年齢に応じた柄を選ぶより、個性的なものを、全体の感じで、その年齢らしくするのですね」

「そうです。大体日本の婦人は、おしゃれの出来るのは、若いうちだけに決めてしまって、家庭婦人としては美しくしてはいけないように考えているかたが多いのではないでしょうか。これは、日本の家庭の設備などが不完全なので、家庭婦人の責任範囲が繁雑になっているせいもありますが、一番美しい時は適齢期だけのように決めてしまっているから、女学生が着飾っても、適齢期のような粧い方になってしまうのです。いくつになってもその年齢の美しさがあるのですから、いつもその年齢らしく、いつでも美しくしているようにしてほしいと思っています」

　熱心に聴き入っていた水戸さんは大きくうなずく。初々しいまでのあどけなさであった。〃暖流〃の石渡ぎんの、黒いきものに鮮やかな襟と足袋の白さが、ふと私の記憶に蘇ってきた。

話の合間に私は、どんなものがお好きかとお訊ねすると、更紗や、小紋のような、品のいい、高級なものというお答えであった。

間もなく食事が始められたが、話題はやはりきものから離れず、戦時中、長袖を裁たなければならないと思っていたが、どうしても、裁つことができなかった。それはただ惜しいからという気持ばかりでなく、きものがかわいそうな気がしてならなかったからだということを、水戸さんは訴えるようにいっておられたり、女優さんという職業は、いつもいろいろな衣裳を着ることができて、愉しいと思いませんかというと、素直な感じでうなずかれたりしていた。

午後、水戸さんのお好きなきものを、いくつかもって来ていただいてあるので、一枚ずつ着ていただくことにする。

見事な早変りの感じで隣の部屋から出てくる水戸さんは、薄茶色の壁の前にお立ちになる。黒に近い葡萄色地のお召に、赤い大きな立涌が鮮やかに描かれたきもの。羽織は縮緬で、ピンク地に薄鼠の細かい立涌、葡萄色のきものにクッキリ浮き出た立涌は、大きく烈しい紅色で、羽織の小さな立涌と美しい調和を見せている。

「ああよくお似合いですね。やはり水戸さんが造り出したという感じで、非常に個性的な美しさですね」

水戸さんは、様々な方向からあてられるライトを浴びて、カメラを向けられるたびに、いちいち綺麗なポーズをとる。清潔な襟の白さが眼に痛い感じだった。

さり気ない美しさとか、巧まぬ美しさとかいわれているように、自然な、柔らかな着こなしで立っておられるところは極く普通なお嬢さんで、まことに素直な美しさである。お召しものなども、畳んで置いてあるところを見ると、きらびやかさがないせいか、女優さんのきものという華やかなものがないように感じさせられたが、こうして水戸さんの身につけられたところは、組合せの美とでもいうものか、何か別のものでもあるかのように、冴えかえっていた。

しばらくして、その場で羽織だけを替えられる。今度はサーモン・ピンクに近いような赤で、細かい絣、地はやはり縮緬である。真赤な小さい絣は、無雑作な、何気ない様で席につかれた水戸さんから、にじみ出て来るようなかわいらしい魅力を感じさせている。

再び着替えを済ませた水戸さんは、先程の席につく。統一された好み、というものを思わせる、きものは黒に近い焦げ茶のお召。ところどころ、絣のような飛び模様が、茶色の線で四角く鮮やかないちご色を囲んでいる。羽織は赤の小浜に、全体によごれ白で細かい縞。縞は幾分木目を想わせるような不規則さで、鈍い光沢を感じさせて、紋が一つ、クッキリと浮かぶように、背に縫いとってある。山の手の若奥様風な着こなしが、どこか憂いを含んだ水戸さんの面差しに、非常に清楚な風情を添えていた。飛び模様のいちご色は、厳密にいうと、ワイン・カラーのまざった紅色。羽織の赤とともにかなり烈しい色合いであるが、きものの黒に近い焦げ茶に合わされて、ますます強烈な色彩を作っていた。しかしそれは普通赤という色から感じられる派手やかさとは違った、なにか重厚な、しっとりとした味わいで、グンと引き立っている。

「水戸さんは、赤を非常に巧みにお使いになりますね、さっきから、拝見して感心しているのですが、水戸さんのお召しものには、どれにもかなり赤が使ってあって、その赤は外の色と合わされて、もっと鮮やかな烈しい色になっていながら、細かい縞や細かい柄のために一種の渋さをつくっていますし、またとり合わせた色との対照で、赤が一層冴えていながら、浮いた感じの派手な赤さではなく深い趣きを感じさせているように、非常に個性的なものになっています。

そういった水戸さんのきものの好みには、やはり全体に、水戸さんの性格がにじみ出ているような感じがしますね……」

胸の奥深く、燃えるような情熱を秘めながら表に現わさず、さりげない静かさを感じさせるような水戸さんの性格は、烈しい情熱のような赤をそのまま表面に出さず、静かな落ちつきを感じさせているきものの好みが物語るようだ。


（『それいゆ』一九四七年二月号掲載）

# よりよき少女の日のために
## ――北畠八穂さんと

**北畠八穂**――作家、児童文学者。高等女学校在学中、雑誌『婦人倶楽部』などに投稿して入選する。青森の小学校に代用教員として勤務したが、病気のため退職。療養中に雑誌『改造』に投稿したことが契機となり、同誌編集者の深田久弥と恋に落ち、その後結婚。戦後に至り、離婚後に作品を発表し始め、一九七二年には『鬼を飼うゴロ』で野間児童文芸賞を受賞する。八二年に逝去。

## 少女と憧れ

**中原**　今日お話を伺いたいのは「よい少女」ということなんです。私が『ひまわり』をやっているのも、結局はよい少女がたくさん出て、そのよい少女がダンダン大きくなって、よい婦人になって頂くためなんです。では今の日本においてどういう少女がよい少女なのか、これはいろんな点から簡単にはいい切れない難しいものがあると思うのです。

**北畠**　どういったらよいのでしょうね……。

**中原**　いわゆる新しい意味でのよい少女、というのがありますね。終戦後の日本でこういうのが新しい少女だとか、新しい少女はこうでなければならないということが、よく言われていますが――もちろんそれは間違ったことを言っているわけではないが、少女がそれをどう受取ってよいかわからないような場合があると思うのです。抽象的であったり、非常に偏ったものの考え方から言われていたりして、そのまま受取ることは今までの習慣からも、今までの自分のものを持っていた少女がそれにどうつながってよいかということもわからないことがあるのではないかと思うのですが、先生はどうお考えになりますか？

**北畠**　私は少女の時には、どんな人にも憧れというものがあると思うのです。今日もそれを書いたのですが、憧れというものほど人間に大事なものはないと思うのです。例えば中原先生の絵に憧れる、聖マリヤに憧れるということ――憧れは自分で一番希望するものの現れですネ。希望するという時にそれは大人でも子供でも同じです――が、どういう人でもその憧れというものは純潔だと思う。憧れは純潔の姿をとって現れるべきものである。つまり自分の信仰ですネ。その少女がどんな悪い子でも、憧れの時というのは非常に清浄な崇高なものだろうと思います。幸福を彼方の空遠く、少女は憧れを持っています。私たちの時代では〝夢二の絵〟――大人の感ずるあの絵でなく、少女の感ずる夢二の描く人だったのです。つまりあの頃の夢二の少女は今の中原先生の絵でもあり、聖マリヤに通ずると思うのです。聖マリヤという言葉は抽象的ですが、そういう聖マリヤに少女が憧れる時に、聖マリヤは、自分より非常に遠い――非常に遠く感じられるのです。中原先生の絵というものの方が近いわけですネ。ですから私たちが夢二の少女に憧れたように、今の少女は中原先生の描く人に憧れるのです。

**中原**　責任極めて大ですネ（笑）。

**北畠**　その憧れの的というものは、少女はハッキリ意識していませんが、聖マリヤには宗教的に芸術的に考えても、全部の要素が入っているということです。ですから先生が絵をお書きになる時――私の希望としては神業を望みます。神の業はなし難いことですが、しかし望まなければいけないことは神の御業なんです（笑）。

**中原**　お言葉は有難いのですが、私自身絵を書く場合いろいろな望みがあるわけです。そういうものと『ひまわり』の中に描かなければならぬ絵と、必ずしも一致しないこともあるのです。しかし『ひまわり』のことに関する限り、記事でも絵でも、それは少女の世界では絶対のものになって発表される。それから受ける影響は大きい——私が絵を描く時、まず美しい絵を描いて、よい意味の影響を与えなければいけないということを忘れていないつもりなんです。ところが大人の世界には、少女の憧れというものをバカにするといったものがありますね。それにはいろいろな訳もありますが、いま北畠先生は、憧れは美しく少女に大切だとおっしゃられました。私は、いままでの少女の憧れ方が少し誤っていたのではないかと思うのです。

**北畠**　憧れを抜いた芸術——ある方の「夢と星とスミレと涙と愛といった文学はそれは過去に属する。今は科学を発見した人の一生を書いたものこそ文学である」という評論がある雑誌に出ていましたので、私は何を言うかという反駁文を書いたのです。科学を発見する天才の心根に、もし憧れがなかったなら、そこに決して発見はないのです。ある希望を持つ——電気を発見する時に、もっと明るい光があったらよいという憧れがなかったら、電気は発見されませんね。しかもそれが科学的な、あるものを通して来る時ラジオになり、テレビジョンの発見になるのです。それを憧れでないということは非常にバカな話だと思うのです。

**中原**　そうですね、その夢と星とスミレに対する憧れ、少女期の涙と愛に対する憧れ——それが単なる少女期の感傷にだけ終ってしまわないで、より美しく高い人間の感情を養うような憧れというものになるように、『ひまわり』は読者にそのようなものを与える本としたいのです。

**北畠**　憧れ方ですよ。憧れの方法でしょうね。先程のある方の言うのもそこにあると思うのですが、今までの少女の憧れがいけないというのじゃなく、そこに科学がなかったら——私どもはもっと科学的に憧れようじゃありませんか。例えば中原先生が絵をお描きになる時に、自分の絵が科学と離れていると思わずにね。でも私はどんなことをしても、星への憧れからはずれることが出来ないのです。それは自然というか。自然はすでに科学ですからね。科学というものから、まるきり逃げた一つの別の世界に行こうとしても、それはあり得ようはずがないのです。この宇宙に生きるからには必ず科学的に生きているわけなんです。科学的に生きていて科学的に出来ないということは、意識するかしないかということです。意識ということは智ですよ。だから中原先生が絵を描く時も、私がものを書く時もこれらの少女を意識しなければいけないと思うのです。意識ということのほかにないと思うのです。

## 楽しむ練習

**中原**　もう少し具体的な話に入りましょうか。少女時代はいわゆる女学生といった生活が中心になると思うのです。その場合学校といってもいろいろの種類の学校があり、またその人によっても違うと思いますが、どういう学校で、どういう生活を送ることが、一番よい少女を生むのでしょうか。

**北畠**　私の思うことは、少女時代はまず第一に最も楽しくしなければいけない――それは人生一生に通ずることですが、楽しいということ、これが少女時代になかったらおしまいだろうと思います。楽しみの練習生です。その基礎をつくる時です。楽しみというとふざけることだと思いがちですが、それが一番いけないことです。楽しみということは嬉しさを知ることも楽しみです。悲しむことも楽しみですよ——楽しみといっていけなければ嬉しさです。人生の嬉しさを知る、練習する、まことに結構です。中原先生の絵を見ると、清純な憂いを持っています。清純な憂いは宗教的な表現ですよ。もしそれがなくなって、ただ綺麗な絵だけだとすれば、少しも価値がないと思うのです。それは描く人の魂の写りですよ。嬉しさを知るということですネ。嬉しさというものの中に悲しむ。悲しみを知るということも嬉しさであるし、人の喜びを喜びとすることも嬉しいことです。また人の涙を涙として自分も涙ぐめるのも嬉しさですね。そういう嬉しさを稽古する時だと思うのです。少女時代は最も感受性の強い時です。再びああいう感受性の強い時は来ませんね。特定の芸術家とか、天才的学者でない限り再び来ないのです。そうした嬉しさを少女時代に稽古しますと、どんな人生に入っても、ほんとうに悲しまなければいけない時に、悲しむことの能力が備わります。悲しめる能力を持っているという嬉しさを持ったら、非常によいじゃないですか。その人の人生が美しくなるじゃありませんか。どういう悲境にあっても、自分で泣ける嬉しさを持っている。苦しむことの嬉しさを持っている。少女時代はその嬉しさを稽古する時だと思います。嬉しさというものを上手に稽古しなければいけないのです。少女時代は完成したものではない、未完成のものです。それだけに伸びる力も強いですね。そういう時によい音楽を聴く、間違ったものを決して聴いちゃいけないのです。よい音楽を聴く、その次にはよい絵を見る、よいものを読む、よい人に逢うということですね。そうして行ったらその逆の場合に遭った時に見分けがつきますよ。あれでないという否定が出来ますね。人生の運命というものはたったひとつです。ですから運命は定まっているように普通は思いますが、たったひとつの、一点もためらうこともなく過ぎて行く現在において、そのたったひとつのことがたくさんあるわけですよ。ここにあるアップルも食べられる、ブドウも食べられる、桃も食べられる、その場合桃と決める。桃を選ぶ権利は自分にあります。それは決して定められた運命ではなく、桃を選ぶことは自分で出来ると思います。選択というのは選ぶことが上手か下手かということです。バカか賢いかをいうことがその人の一生を決めて行くことなんです。その人の選びには智恵がなければいけない、智恵を養うのが少女なんです。それにはなるべくよいものを選ぶことです。なぜならたくさんのものの中から、たったひとつしか取れない。ひとつ以外の全部の価値は否定ですよ。いけないものを否定したり断定する時に、よいものを知っていたら、よいか悪いかということがわかります。そしてよいものを取ります。よいものがどんなによいかということを知っていくことが少女の時に稽古すべきものですね。

## 広い愛情を

**中原**　いつも少女について考えることは、世の中のいろいろのことに対して、また自分自身のことについても、少女時代に何か厳しい批判をして欲しいと思うのです。大人になってしまうとどうでもよいじゃないかという事でも、そのままに放っておかず、厳しい批判をして大きくなることがよいことだと思う。厳しい批判を通して出来た掟の中に生れた楽しみ、喜び——大人の考えるような快楽を求めなくても、若さの持つ楽しさがいくらでもあると思うのです。そしてその厳しい掟の中から温いもの、広い愛情というものを養わなければならない、今までの日本人の愛情というものは狭かったと思うのです。例えば自分の家族だとか、何人かの友達だとか、縁故のつながるものだけに捧げる愛情でなく、もっと広い愛情――世の中の総てのものを愛するような愛情であって欲しいと思うのです。また『ひまわり』の編集上についても考えることなんですが、特に才能があって何かの道に立つ人は別ですが、家庭に入って行く少女、家庭の女としてのちには生きて行く少女が女として家庭の生活を楽しくきりまわしていくのに大切な技術があると思うのです。そういう技術を心得ているかどうかで、その人の一生が暗くなったり、明るく楽しくなったりするのです。そういうものに大人になっていきなりぶつかって処理して行くことはむずかしいことだと思うのですが、少女の時から自然に身につけて行って、幸福な婦人になって欲しいと思うのです。女の真心が形になって表せるような技術を身につけるということですね。

**北畠**　それは心が形になるということですね。それから、宗教的教養ということも大事です。先程も中原先生の絵について申上げたように、あの少女の顔に、美しい、何か自分に迫って来る憂いを感じています。夕暮が青いから悲しい――大人には夕暮が青かろうが、黄色かろうが構わないが、夕暮が青いから悲しいと感ずる少女の気持には、ちゃんと宗教的な憂いがあるわけです。その宗教的な憂いというものがあの絵にあるから、芸術の究極である宗教――芸術の究極の宗教といってていけないとすれば、愛の最も崇高なもの、愛の最も崇高なものは自分だけの愛でなく、もっと広くいえば宇宙的な愛ですね。宇宙的な愛が含まれているのを絵に感ずるのだろうと思います。

**中原**　お話がいちいち僕の絵に移って行くので照れくさいですネ（笑）。
**北畠**　でもそれが一般の少女達にすればわかりやすいことなのです。ですから中原先生も絵を描く時に全能になろうという希望を持たなければいけないわけです（笑）。

## 学校を選ぶ

**中原**　環境とか、その人の生活によっていろいろ違いますが、いわゆる女学校に入る時、自由に選べるとすれば、少女には学校に対する憧れがありますね。それはあの学校は制服が綺麗だからというのもあるし、あそこは音楽が盛んだから、あそこはお金持ばかりだからあそこへ行けば高級だという考えを持つ人もありますね。ともかく女学校というものに対するいろいろな憧れ方がありますが、そういう場合、学校を選ぶ態度といったものはどうでしょうかね。
**北畠**　自分の一番楽しそうな学校を選ぶのが一番いいのじゃないですか。もし行ってよい学校だとしても、自分が楽しくなかったら学びとりませんよ。例えば洋裁の好きなお嬢さんが、理科の盛んな学校へ行く、そして理科をしようと努力してもどうしても洋裁の方へ眼が行きますね。
**中原**　だから洋裁の好きな人は、無理をして理科の盛んな学校に行くことはない。学者になれない人はくだらない一生を送る宿命にあるのだ、とは考えられないと思いますが……。
**北畠**　その通りです。だから一番楽しめる学校へ行くことが一番よいのじゃありませんか。人間は楽しみということのほかにないと思いますね。それは魅力です。魅力を間違えないかどうかということは、自分の幸福の分れ目です。どういうものに魅力を持ったか――よいものに魅力を持つべきですよ。勝れたものに……。

## 美しさの表現

**中原**　北畠先生から僕の絵についていろいろお話が出ますが、僕の絵の外に現れている形――それだけを一生懸命真似するような少女は好きではありません。もちろん少女のための絵ですから、外に現れている形、それを抜きにしては考えられませんが、絵の中に含まれているもの――というよりも絵から受けるある感じを、少女の心のどこかに持っていてもらいたいということです。あの絵を見て憧れる――前髪を下げた少女があるから、何色の服を着ていたからと、現れた形だけを対象にしてもらいたくないと思うのです。

**北畠**　してもよいではありませんか……。

**中原**　しかし外に現れたものだけを真似されたというような場合、責任を感じますよ。内にあるものを少女らしく美しくして行って、その上で私の絵に合った服を着るのならよいが、ただあんな髪にしてあんなドレスが着たいとだけしか考えない少女がありますが、それはきらいですよ。

**北畠**　それはそうでしょうね。あれは中原さんでもあり、中原さんの夢ですもの。あの絵にはモデルをお使いになります？

**中原**　いいえ、使っておりません。

**北畠**　どういう少女が美しいと思いますか？

**中原**　月並な言葉ですが、少女は少女らしい美しさ、大人になったら大人としての美しさでなければならない、美しさは生まれた時の形だけではだめです。それを本当に美しく感じさせるには、やはり後から生まれる美しさが加わらなければだめだと思います。それから、身につけるものならば、例えば赤いものを赤いだけの美しさに頼るのではなく、それを一番効果的に身につける、一種の審美眼とでもいいましょうか……。

**北畠**　自分を美しくする術を知っている少女というのがよいのですね。

**中原**　そうです、自分の心の美しさを相手に感じさせる表現の方法があると思うのです。美しいものを美しいように外に現せる技巧、それを身につけることです。幼い少女にどうしなさいというのはちょっと無理かも知れませんが——。

**北畠**　学校にいる頃からそのことは考えていますよ。

**中原**　大人になろうとしている少女たちが知識を学んでかしこさを身につける時に、形の上のことに気持を使いすぎることはどうでしょうか。

**北畠**　いいじゃありませんか、例えばこういう模様のものより、こういうふうな模様があなたに似合うでしょうということ、髪だってそうです。

**中原**　僕は誰も美しくなって欲しいと思うのです。ひとつのもの——例えば縞の切れ地があった、それを身につけようとする場合、どうしたら一番活きて来るか、これはこういうふうに使ったら綺麗に見えるということを、身につけて知ることが出来るような婦人になって欲しいと思うのです。スタイルブックを何日も眺めてそれを研究したり、新しい生地を探すのに夢中になったりするのではなく、間に合せの生地でも美しく見せる、しかもミジメと感じられない効果をあげるということを身につけて知っている人が好きです。

**北畠**　それが神様からいただいた天のたまものを最もよく使うという、自分の命の最も美しい生き方ということです。ですからその根本はやはり教養にあるのですね。憧れを棄ててはいけませんが、少女の一番美しいのはやはり心の美しさですね。近頃、若い人がとても美しくなりましたね。しかしその美しい中でも、私から見れば宗教的に納得の行った人が一番美しく見えますよ。数多くの方に接しますが、どうしてもそれに勝るものはありませんね。

**中原**　それは結局、内に光る美しさですね。

**北畠**　心の美しさはその人のミメ形を美しくして行きますね。

## 内から外へ

**中原**　リンカーンが「四十過ぎての顔は、親に貰ったものではなくて、自分で造りあげたものだ」といったそうですが、醜い顔の人でも、心が美しければいつかは美しさを人に感じさせることが出来るようになるはずですね。

**北畠**　私はそれに間違いないと思います。

**中原**　少女の今のひとつの行い、はっきり目に見えなくても、美しい心を持ってする行いは、その人の美しさを造っているということになるのです。それは内的な美しさです。外の美しさについていえば、心の美しい少女であるにも拘わらず、美に対する感覚が悪かったり、素直な心の人でも不潔なことが平気であったら、せっかくの心の美しさを表現出来ないことになりますね。

**北畠**　『ひまわり』はそういう教養を与える雑誌になって下さい。

**中原**　その人が才能を持っていて、女の政治家になり、科学者になり、学校の先生になる人もありましょう。また家庭の普通の婦人になる人も多いはずです。どれがよいのでもなく、それぞれの持っているものを活かすのがよいのであって、優しい心、人を愛する心が、それぞれの持つ才能を伸ばすのに邪魔になるということはないはずだと思うのです。

**北畠**　邪魔になるどころか、それがなければ片方の道も開けて行かないのです。

**中原**　理智的なるが故にことさら女らしくない装いをするというのが、今までの日本の常識になっていましたが、かしこさと、女らしい色彩とが別々に考えられることではなくて、かしこい人はますます美しい色彩で優しい理智的な美しさを生み出して欲しいものです。

**北畠**　女がえらくなるには今まで余りに忙し過ぎたんです。これからはそうなって行きますよ。頭がよいということは全般にわたる能力を持つということで、少女の時は誰も美しくなりたいという魂を持っているのです。ですから能力がもし行き渡るだけあれば、必ず美しい少女になります。

**中原**　それが結論です。是非そうならせたいのです。

## 真に美しい人

**北畠**　これからクラスのトップは美人ですね。

**中原**　ということは？

**北畠**　でなければ麗しき人、美しき人です。美人という言葉は手アカがついていますから……。

**中原**　クラスのトップは、生まれながらの顔形だけではなく、自分から育くんだ美しさを持っている人のことでしょう。

**北畠**　そう、心の美しい人は綺麗です、だから赤ちゃんはみんな綺麗でしょ。鼻ペチョでもみんな可愛がられ、それが少女になると美醜が出来てきて、可愛がられる人やそうでない人が出来るのです。

**中原**　僕は逆に考えます。赤ん坊の時は自分の持っているものがない。内から溢れるものがない。パッと見た時に人形のような美醜がはっきりします。その場合赤ん坊は頭を撫でられたりして可愛がられるが、見た目の悪い子は可愛がられない。しかし美醜それぞれの赤ん坊は少女になってもそうであるかということです。僕は醜かった子供が片方の可愛がられた子供より、より以上に綺麗になることが出来ると思うのです。

**北畠**　それは、あなたが絵を書く、私はものを書く、その違いですよ。

**中原**　その醜かった子供も成長した暁もなお人から愛されないだろうか。僕は愛されることが出来ると思いますね。顔形の美しいことだけが愛される条件ではないと思う……。

**北畠**　美しいということは愛される条件のひとつではあるが、全部ではないということですね。

**中原**　美しいということは持って生れて来た徳ですから、それは大切にしなければならないが、美しいから愛されると思っていたらそれは間違いです。美しい人が美しい心を持てば、これはすばらしいことだけれども、美しさに甘えていたのでは決して愛される人にはなれない。美しくなくっても、美しい心になることによって人はいつのまにか、その人の美しさを発見します。人間は瞬間だけを見ているのではありませんからね。

**北畠**　美の感覚ということも、これからは見る方も洗練されて来ますよ。

**中原**　ですから北畠先生のおっしゃったように、美人という言葉は、何か美しさを持って生まれた人であり、美しい人というのは美人ではないが、美しく見えるその人だと思うのです。私のいうクラスの中で一番美しい人というのは、顔形は美しくなくても、いわゆる魅力的な美しいものを相手に感じさせる人なのです。それでクラス一番の人は、一番の美人ではなくても、一番美しい人でしようね。

（『ひまわり』一九四八年十一月号掲載）

# 映画・女性・恋愛

## ――大迫倫子さん・吉村公三郎さんと

**大迫倫子**――評論家、作家。婦人画報社の記者時代に刊行した著書『娘時代』が戦時下にもかかわらず大ベストセラーとなるが、自由主義的だとして発刊停止処分を受ける。戦後外地から引き揚げ評論活動を開始、新聞や婦人雑誌で活躍した。

**吉村公三郎**――一九三九年に松竹蒲田から映画監督デビュー、岸田國士原作の〝暖流〟では新人離れした見事な演出で好評を博した。主演女優の魅力をよく引き出し、その後「女性映画の巨匠」と呼ばれる。二〇〇〇年に逝去。

**中原**　今日は映画の中で特に女性を描かれて、女性通だと言われる吉村さんを中心に、また熱心な映画ファンでいらっしゃる作家の大迫さんにお出でを願って、いろいろな映画の中の女性の歩み方、あり方とか、くつろいだお話を伺いたいと思っております。

**吉村**　大体僕のつくった映画は〝森の石松〟を除いて、女が主人公です。僕のファンというのは二十二、三から三十前後らしいのですよ。ファン・レターや何か見た上では。そして僕もそういう人たちを日本人の中で一番信頼してるんですよ。その人たちは戦争の苦労を黙々として耐えてきている。しかも戦争に対する責任はそういう人たちにはない。また戦後のいろいろな生活の上の苦しみなどにも耐えて、いろいろなものと戦っている。それでいて自分の意思はあまりはっきりと外へ出さない。大迫さんなんかその代表者だろうと思うのですがね。そういうふうな黙々とした日本の女性の一部の人たちが一番良識も持ってるし、一番しっかり世の中を見つめてるし、一番信頼できるんじゃないかと思うので、そういう人たちに呼びかけるつもりはあるのですよ。もちろん初めからそうじゃなかったけれども、次第にそういうふうになってきたことはたしかですね。

**中原**　僕は前には映画はどんなにおもしろくないものでも、見ないよりはいいと思っていたのです。見てきて悪口ばかりいっても、やはり見てよかったと思うのです。ところがこの頃は忙しいものですから、つまらないものを見ると損したようで、癪《しゃく》にさわるのですが、戦前くらいまでは、どんなものを見ても絶対損したとは思わなかったものです。

**大迫**　私、日本映画で一番感激したのは〝暖流〟でしたね。あの前まで高峰三枝子さんとはすれ違えばお辞儀する程度だったのですが、あれを見て初めてファン・レターを書いたのです。

**中原**　僕はあれを見て日本映画を本当に好きだと思いました。こんなないいものがあるのに、日本映画というと、ああ日本映画かとあしらう——実に不愉快なことだと思ったのです。

**吉村**　まだ大迫さんを全然存じ上げてない頃に、高峰君が大迫さんの手紙を持ってきたのです。その中にまだ覚えてるところがありますよ。日疋裕三が水戸光子のぎんと待合せるときにコーヒーを注文する。その途中で話がついちゃって自分の家へ行くことになって行っちまう、そうするとあの注文したコーヒーをどうするだろうと思ったら、ちゃんと持ってきて、すっぽかされた女給仕の顔が写ってる。あれはたいへんいい（笑）、そういった意味だったのです。ちゃんと覚えてます。今から十年も前になりますが。

**中原**　ほんとうに日本映画ではまず〝暖流〟が頭に浮んできますね。

**吉村**　ところがあれができたときはたいへん会社から評判が悪くてね。おもしろくないというのですよ。泣きもしない、笑いもしないような映画はつまらない（笑）——長くてね、一万六千フィートなんです。あのときには朝日の批評なんか、Qさんがやっておりましたが、たいへんきざだとか、ぼろくそに言われましたよ。

**中原**　僕は初めは見なかったのですが、新聞の批評がたいへんいいのです。日本の映画で批評がいいのは珍しいと思って、見て、批評でいいからではなく、ほんとうにいいと思ったのです。

**大迫**　啓子というのがよくわかるのです。あの頃の近代女性の条件というのは、非常に物事に冷笑的でね、非常に非人情で、愛情に乏しいのですね。そういう態度が……。

**中原**　原作はお読みになりましたか。

**大迫**　原作の啓子には好意を持たなかったのですが、三枝子さんのときには生きたものを感じました。

**中原**　あれは都会向きかもしれませんね。農村へ行くとあの感情はないでしょうね。

**吉村**　大体当時はこういうふうな気持で撮ったんですよ。自分で言うのは何ですが、日疋裕三のような中産階級の男が恋愛を感じたりする場合には、やはり啓子のような女との関係だと思うのですよ。

**大迫**　私もそう思います。

**吉村**　しかしあの日疋のような男が結局ちゃんと生きていくためにはぎんのような配偶者をもつべきだ、当時そういうふうな気持で撮っていたらしい（笑）――撮っていたのですね。私自身が日疋裕三と同じような環境にあったし、そういう気持でしたね。そういうことと、私自身が映画を撮り始めて間もない頃で、監督になった年ですから、何かこう非常に映画監督として青春時代ですね、思いついたことは何でもやってみたいし……。

**中原**　これは本筋をちょっと外れるかもしれませんが、三枝子さんがとにかく美しくて――着ているものや何か、装いが……。それまでの映画に出てくるお嬢さんは、極端に言えば山路ふみ子さんみたいなお嬢さんにきまっていたのですね。ところが三枝子さんのあれがちゃんとお嬢さんになっていた。ぎんも、看護婦というと、いわゆる美人看護婦というようなものだったのが、ちゃんとした看護婦になって美しさを持っていたということが大きな魅力になっていると思いますね。

**中原**　あの場合先生は啓子とぎんとどちらが好きですか。

**吉村**　僕は啓子が好きですよ。ぎんのような女は好きじゃないですよ。ただああいうふうな女に会ったら負けちゃうだろうという気持で、あれは撮ったのですよ。

**大迫**　私など誇り高い若い女性の心理に非常に魅力を持ちますね。だけど今は若い女性にはあまり誇りというようなものはないでしょう。

**吉村**　当時たいへん傾倒していたのはスタンダールの〝赤と黒〟です。あれに傾倒しましてね、レナール夫人のような魅力のある夫人、マチルド的なお嬢さん、あの二つを一緒にしてちょっと水で薄めたような女を描きたいと思っていたのです。しかしずいぶん昔でね、忘れちゃったけど。戦争中あれを外地で見ましたよ。たいへん懐かしいことは懐かしかったが、なんてきざな映画だと思いましたね（笑）。

**中原**　どういう点ですか。

**吉村**　すべてがきざで、ちらちらして、やりきれなかったですよ。臆面もなしに……。恥ずかしかったですよ。

**中原**　〝暖流〟に匹敵するというとおかしいですけど、一つの女性の歩み方として取上げられるとか、特色ある映画は何でしょうか。

**吉村** これは〝暖流〟とは全然違いますがね、ああいうお嬢さんじゃないですが、はっきりある一つの型を描いているのは〝祇園の姉妹〟（溝口健二監督）ですね。これはやはり日本の映画の戦前における最高傑作だと思いますがね。今見たらどうかわかりませんが、僕の印象に残っているところでは日本映画始まって以来の最高傑作だと思っているのですよ。誇張かもしれませんが、すごい映画だったですね。ナチュラリズム——自然主義的なものですが、あれはたしかに一つの型を描いておりました。溝口さんの映画ですが、他に封建的な日本の美しさを描いたのは、〝残菊物語〟でしょう。島津保次郎さんも、〝家族会議〟だとか〝朱と緑〟とかいうものでお嬢さんのタイプを描こうとしていますが、日本の女性のタイプとしてはこしらえ物だったですよ。

**大迫** あれはもっと古くなりますね。

**中原** 〝祇園の姉妹〟がある女を描いておったとおっしゃるのは……。

**吉村** 一種の商売女のちゃっかりガールを描いたんですよ。その意味ではきびしいものを持っていましたね。山田五十鈴さんの出世作ですよ。それから〝誘惑〟の高子という女も啓子の延長ですね。みな僕のやってる映画にはどこかに啓子が出て来ますよ。

**中原** 〝誘惑〟は何か問題になっていましたね。

**吉村** 奥さんのある男に恋をしちゃいけないということなんですよ。倫理的にどうかということですね。

**中原** ただ恋をしてた？

**吉村**　奥さんが肺病で死んじゃって一緒になるという話ですよ。今まではあきらめて身を引いちゃうんですけど、この場合は一緒になっちゃう。そういうことがいけないというのです。

**中原**　死んで一緒になる事がいけないというんですか。そうでなく奥さんの病気中にそういう恋愛をすることがいけないというんではないんですか。

**大迫**　うまいぐあいに死んだというのでしょうね（笑）。

**吉村**　別にストーリーに重きを置いたんじゃないんですよ。二人の恋愛感情がクライマックスへ上って来る。そのプロセスに興味を持ってやったんです。しかし今の女の人の婚期は遅れていましてね。三十前後まで結婚しない人が多いわけです。また戦争未亡人の若い人もいるわけでしょう。そういう人たちが好き合ったり恋愛したりするのには三十前後の未婚の男というのは頼りないらしいですね。それで四十前後の男に恋をする場合が非常に多いわけです。ところがそういう男たちはみな結婚しているんですよ。今の世の中には案外そういうトラブルが多いのですね。

**中原**　映画の話とちょっと違うのですが、私がいまだにはっきりつかめないことがあるのです。ある座談会に出たんです。そのときある大学の先生が言ったのですが、今は男女共学ですね。ところが案外学校の中で恋愛なんかない。それはなぜかというと年齢が同じだからだというのですね。女の人は常に自分より力の大きいものに頼ろうとしている。ところが同じ年齢では頼りにならない。また自分と同じことを習ってるから程度が同じだ。それではつまらないという。それは女が男に頼ろうとすることだ。つまり奴隷的根性だというのですね。だから愛するということとは別だ。結婚というのは愛して成立するものであるから、もし男が力がなかったら女が働いて男が家庭の女の仕事をしたっていいじゃないかという逆説的な極端な話をしたのですが、これはどうなんでしょうね。

**吉村** そういうこともあるでしょうね。

**中原** 結婚という形にはいろいろな考え方があるのかもしれませんが……。

**吉村** 大変非常に頭のいい女の人なんかは、尊敬しなきゃ愛情が起らないですよ。

**大迫** それは言えます。

**吉村** ですから尊敬できないといえば、それまででしょう。

**中原** ですから力が弱くても何でもかまわないじゃないか。愛していて男が力がなければ家でご飯を炊く——ぼくはそんなのいやだと思いました。

**大迫** まったくいやですね。

**中原** 愛するというのは犬や猫の愛じゃない。本質的に言って女性はおなかが大きくなったりお乳が出たりするんですから。女が子供の世話をしてほしいと思いますね。別に女を奴隷のように家庭に置いて、男は働いて食わせてやるというのじゃないが。

**吉村** その先生の話は行き過ぎですよ。

**中原** 行きすぎですね。

**吉村** その先生は恋愛というのは肉体の問題だと思ってるんですよ。少なくとも恋愛は精神の問題ですから、精神的に愛するというのはおかしい言い方だけど、男の人の本当にすぐれたところに魅力を感じるわけでしょう。それならやはり尊敬できないのはだめだし、尊敬するには自分より大分上の人間でなければだめだということになるんですよ。

**中原**　その場合同じ人間であればなぜ女が男を尊敬しなければならないか。

**吉村**　男も女を尊敬しなければ愛情を感じませんね。

**大迫**　そういう事をおっしゃる方は少ないですよ、男の方に。

**中原**　そうでもないんじゃないですか。一般に見たらそうかもしれませんけれど。その座談会であのように言った人の考えでは、女と男と同じ質の尊敬をさせたかったんですね。だから女が男にすがれるという意味での尊敬がよくないというんだろうと思いますが、ぼくはすがるということについて、男が働いて女が食べさせてもらってるのだというふうに考える必要はないと思ったのですが。

**吉村**　それはその先生の言う言葉が飛躍してるんですね。

**中原**　動物のような愛情で愛さなければならぬのなら、動物のように肉体の満足だけでいればいいのです。何も結婚したり恋愛したりする必要はない。女が男を愛する、男が女を愛するということだけだったら、恋愛じゃないと思うのです。

**吉村**　女が男にすがるというのは変だな。

**中原**　男は男にない何かを持つ女を尊敬する。女は女の本質として持っていないものを持つ男を尊敬する。これは年齢ではないのですね。結婚とか恋愛を人間がする以上、そういう形になって行くのじゃないかと思いますが。

**吉村**　そう思いますね。

**大迫**　私たちの場合、絶対尊敬がなくちゃ愛情を感じませんね。ただ苦しいことは、たとえば男の人に愛情を感ずるとしますね。非常に好きになるのです。けどね、それは非常に感情だけの問題なんです。ですからもう一人の自分がそれには承知できないことがあるのです。やはり愛情というのは誰に感じるかわからないでしょう。それは尊敬して愛情を感じれば理想的なんですけど、愛情は感じるけれどももう一人の自分が満足できない。何か尊敬できない、自分よりすぐれた人でなければついて行けないという場合がありますね。そういう場合女としては非常に苦しいのですよ。

**吉村**　男女同権といいますけれども、全体の生活の様式が男女同権じゃないんですよ。だってどんな男女同権の国でも男がリードして女がついて来るダンスがあるでしょう（笑）。ですから全部が同権だとは言えないのです。

**大迫**　おととい山口淑子さんと徹夜して話したのですけれども、私たちはむずかしいようなことを言うけれども、自分よりもあらゆる点ですぐれた人がいたら喜んで奴隷になっちゃう（笑）――二人ともそうだと言うのですよ。

**中原**　権利と質とは一緒じゃないと思うのです。権利は同じでいいのですよ。女や男だけでは暮していけないのだから。でも質として男は子供を生む事ができないからこそ働けるのですから、女は家で子供の世話をしてもいいんです。それが女の権利だと思うのです。そういう権利でお互いが結ばれるのが結婚生活じゃないかと思うのです。

**吉村**　恋愛とか結婚というのは、男でも女でも人生の第一義的なものじゃないと思うのです。これはぼくの考え方なんですが、それは非常に必要だし大切なことなんだけれども、第一義的じゃない——というのは恋愛というのかどうか知らぬけれども、動物にもそれらしいものがあるのですよ。人間以外の動物でも食べるということはやるわけなんです。ただほかの動物と人間が違うのは、ものを考えるということと、ものを生産するということ、これが違うと思うのですよ。だから人間としての権威といいますか、そういうふうなもの、第一義的なものはものを考えることとつくり上げることだと思うのです。しかし恋愛感情という問題においては、今中原先生のおっしゃったようなことが本当でしょうね。何か今封建的な残滓が非常にたくさん残っている日本で、女の人が封建的な感覚で恋愛を見ようとしている。そういうことに対するアンチテーゼとしてはさっきの先生の意見はおもしろいですけど、恋愛感情までそれで割り切っちゃいけないと思うのですよ。ぼくは第二義的なものだとは思いますよ。一部のお嬢さんは結婚と恋愛だけが人生の最大最重要なことのように考えてますが、そうじゃないと思うのですよ。もし男と同じように女がものを考え、同じようにものを生産する立場に置かれたら、そんなに結婚、恋愛ということが人生の最大重要なことにはならないのじゃないかと思いますね。しかしさっきのは恋愛感情の問題ですからね。恋愛感情というとやはり違うのですよ。やはり男も女もお互いに尊敬し、頼るという気持がなきゃ、肉体的な魅力だけでは人間である以上はお互いに魅力を感じるということにはならないと思いますよ。人間はものを考える動物だからね。だから恋愛をする場合も、恋愛は精神の問題であるというところに何か人間としての権威を持てるのじゃないかと思うのです。別の意味でいえばね、ちょっとね――しかし、あれなんですよ。未婚の女の人たちは結婚や恋愛ということを人生の第一義的なものに考えすぎてるのじゃないかと思いますね。

**中原**　それは映画や小説が恋愛以外のものを取扱っていないからでしょう（笑）。誰かがいっていましたよ。恋愛のお手本は映画なんだそうです。恋愛のときいろいろなこと話しますね。あれはみんな映画の通りなんですって（笑）。小説もそうだけれども、小説以上に映画はポーズから何からみんな見せてくれるから（笑）。

**吉村**　いい映画を手本にしてくれればいいが、まずい映画をお手本にされちゃぶざまでね（笑）。

**大迫**　ですから今の若い人たちはどんなラブシーンをしているか、見たいと思いますね（笑）。

**吉村**　大分前ですが、冬の寒い日、日比谷映画劇場へ行ったときですが、帰りは横の方から出るでしょう。出ようとしたらはっとした。女の子に外套を着せてやってる男がいるんですよ。その女が男にもたれかかってね、何だか手の通りにくいようなかっこうで着せてやってるんですよ。男が腰を抱いてそろそろと――病気なのかなと思いましたよ（笑）。しかしどうも病気でもなさそうなのは笑ってるんですよ。そうして二人がかかえるようにしてずっと銀座の方へ出て行くんですよ。人通りはにぎやかですけど、そう抱きかかえるほど道は狭くないわけですよ。それをぐっとかかえながら行く。ＧＩが二人、ちょうど向うから来て、ちょっとそれを見てお互いににっこり顔を合して口笛を吹いて行きましたよ。アメリカにも全然ない愛情の表現なんですよね（笑）。もちろん日本にもなかったのですが、まあ世界で独特の愛情の表現ですね。その証拠にアメリカ人が驚いてるんですから（笑）。

**中原**　映画にあったんじゃあないですか。

**吉村**　それは別な映画にあったかもしれませんね（笑）。

**中原**　ラブシーンといえば、これもある座談会で杉村春子さんなどもいいましたが、終戦後の座談会ですからみな日本の悪口を言うのが好きなんですが、外国のラブシーンは面と向う。日本のラブシーンは背中を向ける（笑）。それが封建思想だというのです。あれは女が卑屈な証拠だとか何とかいうんです。ぼくは帰ってからよく考えてみたんですけど、そんなに恋愛のポーズまで卑屈になってるわけではない。それは座るということと腰かけるということの違いですね。腰かければ何でもできますがね。ところが日本の座敷では面と向うのはむずかしい。

**大迫**　〝天の夕顔〟の日本座敷で、片っ方が金ボタンの学生、女の方が着物を着てる。これではかっこうがつきませんよ（笑）。

**中原**　まさか座敷で面と向って膝をくっつけてこうはできない。ですからやはり背中になるのですね。向うの生活では、室内にいて立つということが普通の生活で特別な動きじゃない。ところが座ってる生活で前から接近するとおかしいですよ。ですから接近するときには背中をつけるような事になるのでしょうね。

**吉村**　アメリカの映画でも向き合ってないラブシーンがありますよ。デイトリッヒは横向きになると鼻がちんくしゃですから、男が横におりますよ（笑）。そういう映画を見てないのですよ。

**中原**　何でも日本の方を悪くいえばいい——あのとき気がついていればいってやればよかった（笑）。

**吉村**　やってみればいいんですよ、どういうことになるか（笑）。

**中原**　先生はこれからどんな女性を描きたいですか。

**吉村**　利口な女ですね。聡明で利口で冷たくない女、その女性が情熱を抑えて何かと戦ってるときに一番魅力を感じますよ。そういう瞬間をとらえるような映画を撮って行きたいと思いますよ。

**大迫**　〝逢びき〟なんかはどう思いました？

**吉村**　ちょっと古くさい感じがしたんですがね。それは映画から出る問題じゃなくて、監督のものの考え方ですがね。英国的なそういうものじゃないかと思いますが。

**大迫**　私は今まで見た映画で一番忘れられないのは何かと言えば、即座に言えるのが、エリザベート・ベルクナーの〝夢見る唇〟でしょう。十七のときに見て、一晩中寝られなかったのです。

**中原**　それは女の人の独特の気持ですね。僕らは一晩中眠れないというようなことはありませんよ。

**吉村**　映画史上で一番音楽を聞いてる顔のうまかったのは、〝夢見る唇〟の中で音楽を聞いている顔、あれは四カットばかりありましたね。あの顔がすばらしいですね。

**大迫**　アップでしたね。

**吉村**　部屋の中ででんぐり返りするところはちょっと行き過ぎだと思いますが、あれはよかったですよ。

**中原**　〝女の心〟というのを御覧になりましたか。

**大迫**　綺麗でしたね。

**中原**　一番最後の汽車でね、あそこは好きでした。

**大迫**　男をじらすところなど好きでしたね。

**吉村**　やはり女の人の魅力というのは情熱ですね。何かパッションというような――パッションというのは誤解されやすいのですが、高級な意味でのパッションですね。日本の女性はもっとパッショネートになってほしいのですよ。

**中原**　非常に危険な言葉ですね、パッショネートになるということは。

**大迫**　だけど非常に綺麗ですね、女がパッショネートになるのは。

**中原**　今はそうなってるんじゃないですか。

**吉村**　私のいうのは本能的なものとはちょっと違うのですよ。たいへん知的なものなんです。

**大迫**　わかりますわ。でもそういう人にはめったに会いませんね。

**吉村**　だから映画の中で創って行こうと思ってるんです。

**中原**　そういうことは逆説的に一番いい意味で説かれているのですけれども、一般的に悪い意味で受取られているのではないですか。それを理解させるような手段でほとんど説かれていない。だから何でも自分に一番いいように低く解釈する――その点映画で一番高く見せるということは手取り早くて、何か書いたものの裏づけをするのは一番いいと思うのです。

**吉村**　だからパッションというのです。情熱というと誤解されますからね。それから今頽廃的ということがいわれていますが、日本に本当の頽廃なんかないと思うのです。

**大迫**　頽廃というのは非常に高貴なものから出る。

**吉村**　最も爛熟したものから出るのですよ。

**大迫**　パリと東京では同じ頽廃でも違うのですね。歴史的に文化の高度から生れた頽廃が本当のものですね。

**吉村**　しかし日本にも本当の意味の頽廃があるのですよ。それは『細雪』——あれは頽廃の文学だと思うのです。ちょっと頽廃とは違いますが、確かにその中に頽廃というものがありますね。

**大迫**　あれは快楽主義というようなものを感じますね。エピキュリアン。

**吉村**　しかし僕がいろいろなことをやろうと思ってると、それを受入れる下地を持っている日本人は大体二十二、三から三十前後の女の人です。一番素直で一番見込があるような気がするのです。そういう人たちはあまり自らを主張しませんから、黙ってますけどね。だから将来日本が戦争に巻き込まれないで平和を維持するということも、そういう人たちに力になってもらえば一番いいのじゃないかと思うのですよ。話は違いますが、大体大迫さんなんかの若い頃——というとおかしいですが、二十一か二の頃は一つの気取りがあったでしょう。女の子は岩波文庫をハンドバッグと一緒に持ってる。必ずしも読むわけじゃないんですよ（笑）。でも何となく持ってる。アンドレ・ジイド、トルストイ、ツルゲーネフなんかの小説――ああいう気取りがありましたね。それが今はないんじゃないでしょうか。ぼくはああいう気取りが好きなんですがね。読まなくてもいいんですよ。

**中原**　余裕がなくなったことも一つの原因でしょうか。

**吉村**　やはり容貌や姿だけではない、教養があることが自分の魅力の一つになってるんだというものの考え方ですね。ぼくはそれは非常にいいんじゃないかと思うのですよ。当時ぼくはあんなものキザだとか悪口を言ってたんですが――わかりもしないのにベルグソンを読んでましたが、そういうものをおしゃれで持たなければならない気持が好きなんです。今またああいう流行をこしらえたいと思うのです。

**大迫**　岩波文庫を宣伝するようですが、我々の娘時代には岩波文庫とは切っても切れないものがありましたね。

**吉村**　前にはちらほらしか見えなかったのが、最近は岩波文庫をたくさん見ますよ。今に女の子もたくさん読み出しますね。だんだん昔出てた本が出ますから。カストリ雑誌がだんだん売れなくなって来たと聞いてますが、これから本物の女の人も出て来るんじゃないかと思いますよ。とにかく戦争で生活が破壊されましたからね。本どころの騒ぎじゃなくて、女の人が生活に追われてたんですね。

**大迫**　出版屋さんで今の娘を書く娘さんを探してるらしいんですよ。ところがものを書くなどという人がいないというのです。

**中原**　確かに大迫さんの頃は何か書きたいというような気持の人がたくさんあったと思いますが——。

**大迫**　私達の娘時代には文学趣味が多かったですね。

**中原**　あのころはジイドなんか問題になっていましたね。『狭き門』など必読書のようになったりして。今は女性の雑誌にああいうものが載ってませんね。若い人たちはジイドなどという名前に触れる機会がないから、わからないのじゃないですか。雑誌が厚くなったらまた違って来るでしょうね。

**吉村**　僕はよく婦人雑誌の座談会なんかに出てるんだけどね、女の人の方が見込みがありますよ。どうもぼくは日本の男はだめだと思いますよ（笑）。

**中原**　一体にそうじゃないでしょうが、女の人の方が正しい。

**吉村**　良識に対するセンスがあるんですよ。

**中原**　人間として立派になろうという気持は、男は割合に少ないのですね。小さな女学生でも、いい娘になろうと一生懸命になっておりますね。たとえば今娘たちを嘆かわしい状態だなどと言いますと、自分がそうじゃない女になるにはどうしたらいいかということを考えますよ。ところが少年は、どうしたら大人を嘆かせない少年になるかということよりも、どうしたら偉くなるか、社会的に地位が上がるかということばかり考えている。

**吉村**　そうですよ。たとえばわれわれが女の人の悪口言ったりしますね。そうするとそれが正しければ自分を直して行こうということを感じますよ。ところが男の子からは反発を感じますね。何だこの年寄りが、何言ってるか（笑）。先にそっちの方へ来ますよ。だから日本の男は信頼できないと思うのです。結局日本の政治は女が全部やればいい、男はみんな戦犯だ。戦争始めたのも男だ。戦争に協力したのも男だ。だから男が引退して女が政治をやる（笑）。

**大迫**　それは愉快だわ（笑）。

**吉村**　女が政治をとればもっと日本はよくなると言ったんですよ。

**大迫**　しかし婦人代議士は一般に余りよくないようですね。

**吉村**　あれは女らしくないからでしょう。変り者が代議士になってるから。だけど松谷天光光さんの恋愛問題なんか、松谷さんを揶揄するような、からかうような調子が見えますね。代議士のくせに自分の恋愛も解決できないのかというような、ジャーナリズムのああいう態度はどうかと思いますね。それなら一体からかってる男の方はどうか。口では民主主義を言ってるが、うちではどんな生活してるか。あらゆる点で矛盾に満ちてますよ。

**大迫**　まったくそうですね。

**吉村**　なぜ松谷さんだけを追及するのか。

**中原**　あの問題はどの婦人雑誌にも載ってましたね。それが一々違うのですね。ぼくはどうだっていいじゃないかと思うのです。とにかくこの人が政治家として批判されるのなら別だけれども、この人の家庭がどう、お父さんと娘の間がどう――。

**吉村**　まったくどうだっていい。

**中原**　みんな本当のことを知らないで、書かれた記事の中でも本当らしく書いてあるものを見てあだこうだと批判したって……。

**吉村**　またあの人が声明書を出したりするからね（笑）。実に困るのですよ。

**中原**　困った問題だと思うのですが、正しく批判されるのならいいのですが、ジャーナリズムによっていろいろな記事が勝手に取上げられると――自分としてはまともに知ってもらいたいという事は仕方がないのですがね。

**大迫**　でもどうして個人の問題を騒ぐんでしょうかね。

**中原**　昔からあったんじゃないですか。

**吉村**　非常に古くさい、変な倫理観があるのですね。それを刺激するのでしょう。何か一種の変態心理ですよ（笑）。

（『それいゆ』一九五〇年十二月号掲載）

# ファッションの基本

## ——田中千代さんと

**田中千代**——教育者、服飾デザイナー。一九二八年に夫の留学に伴なって渡欧し、欧米の文化や服飾デザインを学ぶ。帰国後阪神百貨店婦人部の初代デザイナーになるとともに、田中千代洋裁研究所を開設。戦後は田中千代学園（現田中千代ファッションカレッジ）を設立し、皇后の服飾衣裳の相談役も務める。日本における近代洋裁教育、服飾デザインの礎を作った。また民族衣装の研究・収集家でもあった。九九年に逝去。

**中原**　毎日お忙しいでしょう。東京へは月に何度くらいいらっしゃいますか？

**田中**　どうしても、二、三回は来なければならなくなってしまうんです。

**中原**　じゃあ文字通り東奔西走ですね。実は僕は一度パリから帰って来て田中さんにお会いしてゆっくりいろいろお話したいと思っていたんです。向うでいろいろ感じた事や、また日本に帰って感じた事を、田中さんはアメリカも見て来られたのだから、またどういう風に感じられているかお聞きしたいと思って……。

**田中**　あら、私もいつか中原さんと向うの事をお話する機会はないかと思っていたんですよ。上京の度にいつもそう思うのですけれど、東京に来る時は必ずスケジュールがいっぱいで、着いてから帰るまで仕事に追われてしまうものですから、ついその機会がなくて……。

**中原**　今日はそのいい機会にも恵まれたんですが、こうなると今度はいっぱい色々な事がありすぎて、何から話していいのかわからなくなってしまうみたいですが……。

## 流行色というもの

**中原**　僕はパリに行ってみて、色というものについていろんな事を感じたのですけれど……流行色という言葉がよくありますね。そういう事についてどうお思いになりますか？

**田中**　流行色というものは、確かにある事はあると思うのですけれど……。

**中原**　僕は、その流行色という言葉があまり好きじゃあないんです。もちろんシルエットに一つの流行があって、その流行の服を着ている事がやはり美しいように、色にも流行している色というのがあったら、その色にしている事がきっと美しいと感じるに違いないのだろうけれど、すぐ今年の春はとか、秋はとか、細かく四季折々に分けてはりきるほど流行色にこだわるのはあまりいい事じゃあないと思うんです。流行色という事は、別に悪い事ではないけれど、何から何までそれにこだわるのでは、もっと端的にいってしまえば、窮屈でやりきれないという感じが、僕なんかにはしてくるんですよ。

**田中**　そうですね。私がアメリカから帰ってきた時も、飛行機から降りてまず最初に聞かれた事が、アメリカの今シーズンの流行色は？　という質問なんですよ。和服の場合だったら、日本人は、特に今年の色はなどと考えず、自由に自分に合うものを選んでいるのに、洋服となるとどうして急に、何色を着たらいいかなどと言い出してみたり、パリの婦人は黒ずくめなんですねという事を盛んに気にかけてみたり、本当に不思議ですね。何もパリだからといって皆黒ばかりを着ているわけではないのに……。

**中原**　僕も、パリというとすぐ黒といわれているので、さぞ黒が多い事だろうと思って行ったら、黒を着ている人がそんなに多いわけではない。でも、パリというと、やっぱり黒という感じをふしぎに受けるんですね。それはなぜかと考えてみると、パリの人たちは黒という色が好きで、どんな色の服を着ていても、どこかに黒い色がある。どこかを黒という色で締めている。またちょっとした集まりなどに行くと、黒のドレスやスーツが多い。これは黒がいつでも着られる服として、お金持は別としても、一般の庶民にとっては飽きもせず流行にも煩わされず、いつまでも着られる色ということから、黒を着る伝統のようなものができてしまったのかもしれませんね。黒を着ていることは美しいし、結局黒いスーツを一つ持っている事は、他の色を持つよりもいいという考え方――こういう見方もあるのではないでしょうか。ただし、とにかくパリの街といえば、黒の色が浮かんでくるのは事実ですね。

**田中** それと、パリの街で黒を着ているという事がとても美しいので、パリというとすぐ黒と考えたくなることもあるのではないかしら？

**中原** そうですね。日本に帰ってきて、この夏驚いた事は、車で街中を通りながらふと歩道を見ると、むらがって通る人ごみのウエストラインにちょうど線を引いたように、それから上が白、下が黒っぽく見えるんです。女の人は白のブラウス、何も白ばかり着ているわけではなかったのでしょうが、とにかく白が多いので、全体としては白に見える。男もほとんど白いシャツ、そしてズボンやスカートは大体濃い色が多いので黒系統に見えるんです。日本の夏はむし暑いから、どうしても白を好むようになるんでしょうが、とにかくしばらく日本を離れていた僕の目には、なんて日本人は白を着ている人が多いんだろうと、驚かされてしまったんですよ。

**田中** ええ、それは私も感じました。たしかに日本の夏は白が多いんですよ。でもだからといって、パリの人が黒というように〝日本の人は白〟とは言わないでしょ。白を着たからといってそれが綺麗に見えていないから……綺麗でないものは、いくら皆が着ていても印象には残らないんですね。

綺麗なものは印象に残るんです。何も皆がそれを着ていなくても……（笑）。

**中原**　結局日本人は何色を着たらという結論になってくるのですけれど……僕はよくこの質問を受けます。田中さんはいかがですか？

**田中**　しょっちゅうです（笑）。でも考えてみると、結局日本は今模倣時代かもしれないと思うんですよ。パリが黒だからとか、アメリカの色は明るいからというのでなく、その国の人に一番似合う色は、必ずその国に後々まで残っているものだと思うんです。

**中原**　それはいえますね。熱い国に行けば熱い太陽に映える色が美しく、またそういう色がその国の人には愛されたくさん使われているんです。イタリーへ行った時に感じたのは、女の子が、真赤なスカートに、胸を大きくあけて綿レースなどをあしらった白いブラウスを着ているのが、パッと目を見はるように美しい。パリにいてもそういう姿はやっぱり見かけるんですが、パリだと、黒いブラウスに黒のスカートで、首に赤いハンカチをちょっと巻きつけているという姿の方がずっと美しく見えるんです。そして、イタリーという南国の風景をバックにすると輝くばかりに美しい赤いスカートに白のブラウスの姿が、かえって全体から浮き上って見えてしまう。それは、やっぱりパリの自然や風景が、イタリーのそれと異っているからですね。だから日本人に合う色は、結局日本人の好きな色、着たいと思う色でいいわけです。自分の国の色を卑下して、よその国の色調をとり入れようと余計な気をきかすより、自分の好きな色を選べば……。

**田中**　もっとはっきりいい切ってしまえば、いま、皆が好んで着ている色が、そのまま日本人に似合う色なんですね。だから特に何色をなどと詮議する必要もないんです。

**中原**　そういう事ですね。ただ一ついいたいのは、私達の間では、色調という事が今迄和服の場合には、さほど問題にならなかった。だから色と色との合せ方というような事には、日本人はあまりすぐれているとはいえないと思うんです。色の合せ方というか配色というか、例えば水色ならその水色をより美しくみせる色彩感覚は、日本人は外人より決してすぐれているとはいえない、そういう事はいえると思うんですよ。

## 日本と外国のファッションショウの違い

**中原**　色のことはこのくらいにして……田中さんはアメリカでも随分ファッションショウを御覧になったのでしょう。僕はちょうど一年あまりパリにいたために、パリのファョションショウは色々見ましたけれど……この頃日本でも盛んにファッションショウがひらかれているようですね。

**田中**　あちらのデザイナーといえば、クリスチャン・ディオールが、日本人の間でも一番有名になっていますが、ジャック・ファットもすばらしいですね。

**中原**　僕は、ディオールよりジャック・ファットの方が好きなんです。

**田中**　やっぱり……私もファットです。向うでコレクションを御覧になりましたか？

**中原**　ええ、できるだけたくさん見てきました。

**田中**　本当に、もう一度パリに行ってみたくなります。こうしていると、向うの事がいろいろ思い出されて……とにかく向うは世界のお金持を相手に廻しているのですから、この世のものとは思えないような豪華な衣裳も平気ですし、日本のショウとは性質が大分違うわけですね。

**中原**　今までの日本のファッションショウを見ると、時々飾りばかり多くて、着られないようなのがあるでしょう。外国のショウにも、やっぱり着られないようなのが出てくると聞いていたので、どこも同じなんだなあと思っていたら、実際に向うへ行ってみると、その同じ着られないというのでも意味が違うんですね。

**田中**　そうでしょ。外国の場合は着られないといっても、着られる環境にあったら、またそれが自分に似合うようなものならぜひ着たいものだけれど、ただ、今は着られないという意味の豪華さなんですね。ところが、日本の場合は、初めっからとても着たくなくなるようなもの、飾り立てられていればいるほど着たくなくなるようなものなんです。

**中原**　結果からいえば、両方とも着られないという事では同じなんだけれど、その着られない意味が違っている、それを錯覚してはいけないですね。

**田中**　ええ、それからいろいろなファッションショウを見ると、どういうわけかこの頃、ちょうど昔の左大臣右大臣が着た束帯の裾を長く引いたような衣裳が、必ず作品の中に一つか二つ出てくるんです。たいていラメを長く引いて、そういう形にしているのが、何か日本趣味を活かしたよさのように考えているわけなんですね。どうしてこういう傾向になったのかとある人に聞いたら、『外国では今東洋趣味が盛んにはやっているでしょう。結局日本にも、その傾向が逆輸入された形になって、そんなデザインが出てくるようになったのです』というんです。じゃあ外国から帰ってきた私などが、そんな事をしゃべったので、そういうものをとり入れた人がいたっていうことになってしまったんですよ。
**中原**　そうですか。向うで東洋趣味をとり入れたというのは、そんな意味ではないのに……しかし、それが美しいもので、出来る事なら着てみたいっていうようなものなら、どんなに大げさなものでも、またそれは別ですが……。

洋裁学校というもの

**中原**　じゃあ今度は少し話題を変えて、洋装というものについて、例えばファョションショウの準備とか学校で洋裁を教えておられるとか、その間に感じられた事を、一口にいえば結局洋裁をする人の側の事を、いろいろ考えてみたいと思うんですが……。今日本では洋裁洋裁とさかんにいわれて、洋裁学校というものがその対象になっているわけですが、外国にくらべて日本の洋裁学校というものをどうお思いになりますか？
**田中**　日本のは、アメリカやフランスの場合と違って特殊ですね。アメリカなどは、洋裁学校というと、もうかなり専門的なものです。
**中原**　外国の婦人たちは、洋裁洋裁などといって誰もがいちいち習ったりしないし、洋服など自分で縫える人なんてそういない、それなのに、日本の人たちは、いちいち洋裁を習っている……というような、多少批難めいた言葉もよく耳にします。もちろんそんなにして若い頃を洋裁で暮らす事だけがいい事とはいえないけれど、でも逆に考えれば、外国人の中には自分の着る物も自分で縫えない人もいるのに、日本の婦人達は、まずくてもたいてい一応は縫える、それはやっぱり日本の婦人のみが持つ特色として誇ってもいいことじゃないかとも思うんです。だからただ意味もなく、それを批難するべきでもないでしょう。

**田中**　そうですね。日本では、アメリカのように、既製品のいい物が買えて、また次々と脱ぎ替えられるというような事情もないし、ちゃんとした服装をするには、既製品ではとても間にあわない。注文しなければちゃんとした洋服を着られないという事になると、人によっては注文するだけの余裕がなかったり、また自分にひまがある場合に、自分の着る物くらいは自分で縫える方が都合がいいことになるんですね。

**中原**　そうですね。まあ日本の場合には、昔の婦人たちは、誰でもお針の稽古というものをして、女は一人前にちゃんと自分の着物を縫えるという資格がなければ、結婚の条件も伴わないという風に考えられていた。そしてもし未亡人になった時にも、それで生活を立てられるほどに、というような意味で、針仕事を身につける習慣があったわけですね。それが洋裁の盛んになったこの頃では、違った形になってまたくり返されて来ているという風に考えてもいいんじゃあないかと……とにかくただ意味なく時を過ごしてしまうのだったら、娘時代に一応洋裁を身につけておくというのはいい事でしょうね。もちろん洋裁学校洋裁学校と騒いで、それればかりで暮らすのはいいことじゃないけれども……。

**田中**　そうですね。とにかく下着類からブラウス、ワンピース、イブニングに至るまで一通りの縫い方は、洋裁学校に行けば習得できるわけです。もちろん子供服もですから、家庭へ入った場合に子供のきものくらいは人に頼まず自分で縫えるという事はいい事ですし……。

**中原**　その、洋裁学校は何でも教えてくれるという事、それをどうかすると、多くの人が、全部教えてくれるから、学校さえ出れば何でもできるという風に錯覚しているんではないでしょうか。

**田中**　確かにそうですね。

**中原**　これは僕の知っているある洋裁店の主人に聞いた話だけれど……ある洋裁学校の本科と師範科とデザイン科を出て、今研究科で数年もずっと洋裁の勉強をしているという人が、その店に勤めたいというんだそうですが、主人が『どういう事が一番得意ですか』と聞いたところ『はあ、何でも出来ます』といって、さらにつけ加えて『私たちは学校でいろいろの勉強をしていますから、何でも出来ます』と答えたそうです。そして、その人自身はみるからにしゃっきりとした黒のスーツを着て、アクセサリーに至るまで、いかにも好みのよさを誇るかのような身なりをしているんです。ところが実際に翌日から仕事をさせてみると、まるで洋裁学校気分で、玄人なら一日で出来るような簡単なワンピースが、三日もかかったりする。とにかくプライドだけはあるけれども、何をやっても、結局ちゃんとした事は何一つ出来ない。それには主人もすっかり呆れてしまったというんです。

**田中**　そりゃそうでしょう。学校で習う事と、実際の仕事とは違うんですもの。

**中原**　それにプライドだけは余計にあるので、仕事の上で何か注意すると『私たちの学校ではそういう事は教えませんでした』といって平気でいるのには困ったというんです。

**田中**　そういう例はいっぱいあるでしょうね。何もお客さんは、その人が学校で習ったようなものばかりを注文するとは限らないし、いくら学校で長い間勉強した人でも、実際に仕事をしてみれば、わからない事や思いがけない事がいっぱい出てくるわけです。玄人と素人とは違うんですね。

**中原**　その時に、自分の本当の実力を知る謙譲の気持があればいいのだけれど、仕事は人よりも遅いし、出来も悪いとなると、ひどく自分のプライドを傷つけられたような気になる。そして、そういう婦人は学校でいろいろ授業を受けた事に誇りがあって、年期を入れたような者が、事実すばらしいものを作っても、何か始めからそういうものを軽蔑してかかっているような傾向が多いんですね。

**田中**　結局洋裁というものは、出来上った結果が問題なのに、いくら理屈だけを知っていても、それを実際にこなす技術がなければ何にもならないわけです。それに玄人という事になると、早いという事がまず一つの条件になってきますね。一着の服を一週間もかかっているようでは月に四着しか縫えない事になるでしょう。そうしたら、その人に月給を出すのに月に四着分の仕立代をまるまる払っても充分ではないというような事になってしまいますもの（笑）。

**中原**　そうですね。

**田中**　結局学校を出たという事は、一応それを身につけたという事であって、玄人であるという事とは違うんですね。本当の技術は、それからまた玄人としての訓練を受けなければならないわけです。

**感覚より経験を**

**中原**　けれど、まあ洋裁店を開いている人でも、本当にいいものを縫えるという人は少ないですね。ごく平凡な丸いカラーにしたって、そのカラーそのものを形のよい丸さに作る事のできる洋裁師は、なかなかいないんではないでしょうか。

**田中**　そうなんです。私もよくそういう事を感じさせられますの。こんな事はと思うような事が案外わからないものですね。

**中原**　例えば布をざくっと寄せた感じを出したいと思っているのに、仕立て上ってみると、タックのようにきれいに折りたたんで……。

**田中**　あら、そういう経験がおありですか。そうなんですよ。私もそういう事がたびたびあったんです。あれは不思議ですね。

**中原**　どうしてでしょう。

**田中**　あれは全くよくあるんです。結局は、その感じが理解できないからなんでしょうね。まず型紙を作る時に、その寄せる部分を切り開いて、ギャザー分に斜線を入れてしまうでしょ。そうすると、その型紙通り折ってしまうんですね。ですから結局タックのように折ってしまって、ざくっと寄せないんです。

**中原**　でも、ちゃんと絵ではっきりと示した場合でも、そういう人はやっぱりそうするんだから不思議でならない。

**田中**　ところが、絵を見てそれを正しく感じ取れるまでにも、かなり時間がかかるんですね。

**中原**　そうらしいですね。銀座のある大きな洋装店にそういうデザインを渡した時も、やっぱりその種類の事をいろいろやったので驚いた事がありました。ずいぶん大きな店なのに……結局感覚の問題でしょうか。

**田中**　ええ、やっぱり感覚ですね。でも、もちろん感覚ですけれど、なまじっかな感覚なら、経験の方がずっと素晴しいと私は思うんです。もし感覚的にそれほどすぐれていなくても、長い間の経験が、結局その人に感覚以上のものを自然に会得させてくれますもの。経験している中にいろいろな事が自然にわかってくるんです。ですから中途半端な感覚で片付けるくらいなら、経験が多いという事の方が、ずっと値うちがあるように私は思うんですの。

**中原**　そうですね。学校というのは、経験を持つ前に一応その理論のようなものを短期間で学べるというところで、そういう意味ではいいところでしょうね。

（『それいゆ』一九五二年十二月号掲載）

# きものはなし
## ——花柳章太郎さん・高峰三枝子さんと

**高峰三枝子**——女学校卒業後、一九三六年に松竹に入社しデビュー。気品のある美貌で人気を集め、さらにみずから歌った映画主題歌がヒット、歌う映画女優としての地位を確立した。戦後はテレビ番組の司会を務めるなど人気を博す。九〇年に逝去。

**花柳章太郎**——戦前・戦後の新派を代表する女形役者。一九〇八年に初舞台を踏む。三一年に出演した〝花柳巷談二筋道〟が大成功し、新派を復興する。映画〝残菊物語〟にも出演し人気を得た。新派大同団結以降は座頭として劇団を統率し、傑作を世に送りだした。六五年に逝去。

**花柳**　きものも、どうもあまり世の中に無くなっちゃったのと、材料がないのとで、思い切って色々なことをいっていいかどうか、困っちゃいますね。無い袖は振れぬという……（笑）。

**中原**　何をいっても、結局実際にはどうにもならぬのですがね。最近の若い人のきものの着方を見ていますと、洋服の下着の上からすぐ着物を着る。いわゆる着物の本道からいいますと、無茶なことをやっています。夏なんかシミーズの上からサッと着るだけのようですね。高峰さんなんか特別な、ちゃんとした下着を？

**高峰**　私はわからないのです。撮影の時はちゃんとしますけれど、普段は結局洋服になったり着物になったり、いろいろな風に何回かなるので、本道からいえばずいぶんはずれていると思うんです。もちろん、下着類は持っている事はいますけど、改まってそんなものをしていたら大股に歩けなくって、いつだったか溝を跨ごうとして跨げなくって転んでしまった事があるんですよ。普段だったらやはりどうしても、洋服の下着の上へサーッと長襦袢を着てしまう。でもこの頃はそんな事はあまりしなくなりましたけれど。

**中原**　若い人が古い着方を無視して、そういう風に着ているということが非常に新鮮な感じですね。和服の習慣を知らないということがかえって若い人らしい。

**高峰**　その人々の味が出るかもしれませんね。

**中原**　しかし本当の事を知っていて崩れてしまっている場合と、知らないで崩れてしまっている場合がありますね。それは非常に違いますね。知らないでもその人が優れた感覚を持っていればいいと思うのですけれど、知らない上に、あまり感覚を持っていなかったら、いくらお金を持たせたり、いい物を見せても、美しい形になって来ないと思いますね。

**花柳**　その教養だけは持っておいてもらいたいと思います。

**中原**　特殊な柄がありますね。例えば昔流行した黄八丈のようなもの。そういうものに対する知識ですね。そうした明治なら明治、江戸なら江戸のものを今着るということは、やはり時代の上からいって違っていいものだと思いますが、知って着るのと、全然知らないで無茶苦茶にいいものかと思って着てしまうのとは全然違いますね。

**花柳**　こいつはどうも時代時代の流行もありますし、それからまたしきたりもあるだろうし、なかなか一概にはいえませんけれど、やはり日本の女である以上、きものの常識だけは覚えておいて欲しいですね。この間、あるデパートの方が、仮に縞の上へ絣の羽織を着るとか、縞の羽織の下へ絣を着るとか、格子の上へ友禅の羽織を着るとか、そういう事が、まあどういうものにどういうものが調和がとれて、どういうものの時にはどういう物を着ちゃいけない、という標準が昔からあったが、それをちゃんと書いておいてもらえないかといっていましたが、なるほどと思いました。

**中原**　結局今夜は、花柳さんに皆のわからない事を伺うことにしましょう。

**高峰**　そうですわ。それがいいですわ。

**花柳**　そんな手はないですよ。それは私も困るよ（笑）。

**高峰**　あのう……縞の羽織ですね。あれは下町の粋な方面の着るものではないのですか。

**花柳**　ええ、そうです。

**中原**　下手に縞の羽織を着ますと、妙に昔の女中臭くなってしまいますね。

**花柳**　縞の羽織というものはなかなか着こなせないものでしてね。よく芸者が正月の出といいますね。黒の模様のことを、出のきものというのですよ。正月のきもののことを出というのですけれど、座敷から座敷へ廻って行く時、冬ですから寒いでしょう、そこで紋付を着ている上から羽織を着ます。それをね、特に荒い柄を羽織に着るのはいいものですよ。下が黒だとか紫だとか、御納戸だとか、濃い色の上に縞の羽織を着たり、それから絣を着たり格子を着たり、非常に単純なものを着るんです。そうすると、両方とも立ちましてね。そういうものはなかなかいいものです。縞がね。

**中原**　僕はいわゆる下町で育たなかったものですから、縞の羽織というものは女中の着るものだという風に思っていたんでした。ところがいろんな方面の人と識るようになってから、踊りの方面の人たちなんか縞の羽織を着て、非常に綺麗なのを見まして、はじめはとても不思議でならなかったのが、段々に縞の羽織の美しさを知るようになって、なかなかいいものだという風に思い始めたのです。これを近代的に着こなすといいと思いますね。

**花柳**　なかなか縞の羽織はいいものです。

**中原**　縞の着物に縞の羽織はどうですか？

**花柳**　それは構わないのです。なるべくならそうしたい。縞だけ離れてしまって効果がない。ただ縞の着物に縞の羽織を着る場合は、下より上の方が派手なものがいいです。それからまた色でね。

下が派手な色の濃い色の場合には、上へ縞でも薄い羽織を着るとか、そういうのは調和はもちろんとれますけれど――なんだかこんな話をしていると、ないものねだりをしているような感じがしてちょっと良心に咎めるような気がするね。余りある時分の話をしているね……(笑)。

**中原** でも、着物が一枚あって、何か羽織を探さねばならぬという場合、そういう知識があればと思いますね……高峰さんはどんなきものがお好きですか。

**高峰** 私は大柄のものばかりで、あまり友禅物がないのです。たいがい「大島」とか「結城」「御召」とかが多いのです。最近折鶴が好きになって、布団も江戸褄も、帯も折鶴の模様です。

**中原** そういえばこちらへ伺った時、座布団も鏡掛も簞笥《ゆたん》掛も折鶴なのに気がつきました。

**花柳** 時分の好きな柄というものはあるものですな。

**高峰** 同じようなものを着ているようになるのです。結局好きだから……。

**中原** 袖やなんかは?

**高峰** 六寸です。でも家で着ているものはこの着物のように元禄にしています……それからお対いのものが好きです。

**中原** 羽織と着物と対いですか?

**高峰** そうなんです。でも私の場合は、染めさせるのに仮に着物が紫のところに白く柄が出ていたら、羽織は白に紫を逆にするという風に、そんなのが割合に多いのです。

**花柳** いま、縞のきものと羽織の話が出ましたね。まあ我々の方で唐桟柄がありますね。それの細いのを縮緬に染めまして、羽織は横にしてみたのです。それをいっぺん〝築地明石町〟で着たんです。雪のところへそのきものを着て……。

**中原**　同じ縞を、きものを縦に、羽織を横に。

**花柳**　そうです。きものを縦。同じ柄で同じ色でそうしてみた。髪は夜会で出ました。その日、お寿美（花柳寿美さん）が同じきものを着て観に来て、何も知らずに楽屋へ寄ったんです。向うはそのきものが自慢で、どうだといったようなものだったんです。ところがどうも期せずして同じなんですよ。両方引分けだね、と大笑いしましたよ。

**中原**　花柳寿美さんのそのきものは、『それいゆ』二号の衣装調べの折、見せて戴きました。

**花柳**　ああそうでしょう。とても御自慢だから。

**高峰**　私もぜひ作りたいわ。

**中原**　うんと新しく着こなしてみて下さい。

**花柳**　（高峰さんに）あなたなんか似合いますよ。勧めますよ。あなたは粋な人柄だから。

**中原**　話は違いますが、洋服は有り合せの裂とかいろいろなものからどんな面白いものでも出来るけれど、着物は二丈八尺ちゃんと揃っていなければ出来ない。きものは洋服のように工夫出来ないと思われていますね。

**高峰**　私の知っているお嬢さんで、袖を八寸くらいなのを二寸に詰めましてね。その余り布をいろいろ合せて羽織を作ったのです。とても変っているのです。その配合は難しいでしょうけれど、全部違うんです。少しずつ、といっても一尺くらいずつ変っていて、大きなちゃんとした羽織でとても変っていて、わざわざ作らせたみたいに見えて、よかったと思いました。

**中原** いつぞや雑誌に発表するためきものを作ってみたことがあるのです。それはいろいろな布が、長いのや短いのやありましたが、それをだいたい二丈八尺くらい集めまして、それぞれ十くらいに切ってしまったのです。一尺のものは一寸ずつに、三尺のものなら三寸ずつという風に、そして、それを一つずつ、例えば一寸の次に三寸、次に五寸のを並べて一めぐりしたら、もう一度、一寸三寸五寸とくり返して、規則正しく順々に接《は》いで、横縞の一反分の布にしてしまったんです。全体にそれは黒っぽい布でしたから、着物に仕立てて、胸とか袖とか、膝のところとかに真赤の布を入れて作ったら、非常に綺麗になりました。

**高峰** 面白いですわね。

**花柳** やっぱり、この、画を描く方のそういう好みというものは違いますね。仮に赤をお入れになっても、ちゃんと締まるところに赤が入っていますからね。それがどうも難しいものですがね。

**高峰** 舞台で見ていいのと、また映画の場合とも全然違いますね。

**中原** 高峰さんの映画の衣装はいいですね。

**高峰** そうでしょうか。

**中原** 僕はいつも感心しているんですが。

**高峰** 結局自分の好みをいっちゃうんですよ。どうしても美術部だとか監督さんの好みでやらなければいけないといっても、着ていて不愉快でどうしてもうまくいかないもんだから、自分のことを通してしまいますけれど、それが良かったり悪かったり……。

**中原**　ですから高峰さんの行き方に、比較的近い役柄の場合、衣装なんかもしっくり生きているんですね。

**高峰**　例えば全然がらっと変った役になると、普通だったら着ないものを着るでしょう。それがいやなんです。そういうことはいけないんですけれど。

**花柳**　〝南の島〟はとても感心したな。

**高峰**　そうですか。〝南の島〟の衣装もほとんど自分のものなんです。でも、自前もいいのですが、セットのホコリが気になるんですよ。自前だからといって、妙に爪立ちして歩くのも変ですし、無理してサーッと座ってしまう。そうするともうお尻なんか真黒になる。

**中原**　花柳先生は特に衣装に凝られると承っていますが、どんな風にして役柄の衣装をお決めになりますか？

**花柳**　もう片っ端から勘で決めてしまう。

**中原**　ご自分で柄なんかお選びになるんですか？

**花柳**　全部やります。

**中原**　新派の方は誰でもご自分で着物を集めておいでですか？

**花柳**　いや、それは私だけです。そんな物狂いは……河合（武雄）先生が亡くなった時に私はきものを形見に戴きましたけれど、そこらに女形としての嗜みがあるんですね。好きな着物は手放したくない。また自分でも衣装の中で好きなものがあったらそれを取っておきたい。着物は知らず知らずの間に相当皆さんが溜めているらしい。

**中原**　きものと頭の関係なんですが、いつもどうしていらっしゃいますか。あまり気におかけになりませんか？

**高峰**　いえ、とても気にかけます。

**中原**　女の方の事はよくわかりませんが、きものは着替えられますね。十枚あれば簡単に十回替えられますね。が、頭は技術が必要です。いろいろな頭に結う。いちいち美容院の手を借りるのは大変ですし、そこで神経がそこまで行き届かないのか平気なのか、きものはいろいろ変って、スポーティーになったり、ドレッシーになったりしますが、頭だけがひとつということはないと思います。さっき花柳先生のおっしゃった縞の着物に夜会の頭、そういう時に夜会巻の頭と着物との調和というものは美しくピンと来ます。着物は着物だけにおさまらないで、ちゃんと神経いき届かせて、頭なんかも調和で美しくなると思いますね。

**高峰**　そうです。たしかに……。

**花柳**　昔は髪の種類がいろいろありましたからね。仮に銀杏返しに裂《きれ》をかければ天神髷、三ツ輪というような髪もある。島田もある。島田には潰しや文金がある。それから割唐子、水車があるという具合にいろいろな髪がありましたからね、日本髪というものは……。それによって銀杏返しに紋付を着れば、新内の女の太夫さんみたいになってしまうとかいう具合であったのですけれど、今はひとつなんです。

**高峰**　日本のですと、いまちょっと結うには内巻かアップヘアー、表巻、ロール巻、そんなようなものだけですね。

**中原**　内巻でもいいんですが、何かスポーティーな感じを出した場合、例えば縞の着物である場合とか、刺繍なんか多いものであるとか、同じ内巻にしても何か感じの上で変えることが出来ますね。

**高峰**　それは出来ます。それはただ自分で直した方がいいのです。ちょっと前を出してみるとか、掻きあげてみるとか。髪結さんに行くまでもなく……。

**中原**　そういう訓練がされていないいんじゃないか。何か決まった頭というものがあって、自分のものに変える工夫がないようです。

**高峰**　髪結さんのところへ私なんかのブロマイドを持って行って、「こういう風に結ってくれ」という（笑）、それは私なら私の顔に合う髪で、しかも毛の質によるものです。それをこういうように結ってくれというので、髪結さんが困るそうです。髪というものは、いつか自分に合う髪がわかるものですから、それをわかっていろいろ変えてゆくと面白いんじゃないかと思います。

**中原**　習慣みたいなもので、もっと変えられると思いますね。例えば七つの自分の髪型を持っていて、一週間毎日変えて結うという風な……。

**高峰**　（花柳氏に）きものを着て洋服を着る時のような髪は変だとお思いになりますか？

**花柳** やはり変だと思いますね。それはやめてもらいたいと思います。ことに羽織を着るときの頭はむずかしいんじゃないかしら。

**中原** 内巻で襟をひどく抜いているのは変ですね。後の方が抜いた所に入るでもなし、入らぬでもなし……。

**高峰** あれは私たちでも一番悩みの種なんです。

**花柳** 痒いような感じがしてね。

**中原** それはつまり着付と髪の関係を考えないで、頭は内巻がはやるから内巻に、着物は抜いた方がいいというので襟を抜くせいではないでしょうか……しかし結局美しくないですね。襟を抜くという事は、日本髪に合せた着付だったんでしょうから、アップが本当は自然なんでしょうね。

**花柳** 向うの俳優《ひと》ではベティ・デイヴィスが好きだけれど、この間の〝情熱の航路〟の猫みたいな頭は感心しなかったね。

**高峰** アラそうでしょうか。若い人などには割合評判が良いんですけど。

**花柳** そうかね。でもわたしゃ、あれはミスキャストだと思うね。ことにあの顔であゝいう頭をすることはちっとも感心しなかった。

**中原** ときに、いま洋服と着物とどちらが高くつくでしょう?

**花柳** やはり着物の方が高くはないかな。

**高峰** 一揃、揃えた場合はそうかも知れません。

**中原**　着物だけ一枚買う、洋服も一枚買う。

**高峰**　そりゃ洋服の方が生地だけで五千円以上かかるのもありますもの。

**花柳**　私は〝二筋道〟で天鵞絨《ビロード》で、後ろに金で「アバレのし」がついた、前は折鶴が小さいのと大きいのとついいた、それが青金と焼金……これは贅沢な帯で、金糸銀糸で刺繍してね、歌舞伎座へ出たのでしたが……。

**高峰**　天鵞絨の帯、うまく締まります？

**花柳**　舞台でなければだめですよ。三人くらいで締めるんです。だが黒い色が深味があって、よかったですよ。

**中原**　自分でお考えになったのですか？

**花柳**　考えたのです。

**中原**　綺麗ですね。あまり他に無かっただけに綺麗だったでしょう。それは何の役でお締めになったのですか。

**花柳**　〝二筋道〟の桂子です。

**中原**　着物はどんなものを？

**花柳**　お納戸に梅の花だけの小紋でした。褄の下が濃い紫、その梅が下から上へ行くほど細かくなっていた着物でした。襦袢が朱縮緬。下だけ波をつけてみたのです。その着物、正月の芝居でしたからね。雪の中へ蛇の目の傘をさして、たった一人で……帯はどうしようかと思って困っておったのです。ちょうど寄席へ行きましたら、寄席の御簾《みす》といいますか、のしが出ていたのです。こいつは面白いからやってやろうと帯に刺繍させたのです。

**高峰** なかなか一つのお芝居をなさるのに、大変なものでございますね。

**中原** 最初から全部揃えると大変ですね。

**高峰** 私は家にいる時に、帯はとても苦しいので前帯を作ったのですよ。それはショールですが、純毛の濃い臙脂《えんじ》のもので、これくらい（と手で大きさを示して）マフラーにして、残りで羽織下の前だけの帯にして、後はしょい上だけにしているのですが、帯止めはなんでも合うし、きものはどんなものにも合うし、普段はそればかり締めています。わざと凝ったみたいだといわれますけれど、ウールの帯なんて面白いんじゃありませんか？　普段に重い帯を締めるのはとても苦しいのでそうしたのですが。

**中原** 無地の帯はどんな着物にでも締められるからいいです。

**花柳** 二、三本持っておればいいのです。着物によって替えればいい、無地は……話は違うけれど、ともかくこのままでは段々きものの生産が少なくなって、しまいにはかわいそうに、若い娘さんなんか、きものの良さを全然知らない人が出来る。いいにも悪いにもそれでは気の毒ですね。畳があって障子があって、お米の御飯を食べてる以上、きものが着たいでしょう。

**高峰** 私なんか洋服の生活でしたから、きものをだんだん着たくなっているんですよ。

**中原** 日本の部屋には一番きものがよく合うんです。生活がしやすいのです。

**花柳**　そのくせ若い人には着方がわからないらしいんですね。それでは洋服の方はよくわかっているかというとそうでもないらしい。

**高峰**　そして洋服の下着なども、ちゃんとした下着をもっている人は、本当に少ないだろうと思います。私たち洋服の方はうるさくて、凝ってしまいますから、下着はいろいろ綺麗なのがあります。そういうものをいまの若いひとに見せてあげると、びっくりしています。

**花柳**　知らないのですな。

**中原**　見えない洋服の下着へレースをつけるなんていうことは、どうしてもわからないくらいでしょうね。

**花柳**　春夏のきものもわからない人がいます。

**高峰**　でも、元のような時代にならないと、贅沢はいえないし……。

**中原**　ですから、これからは春でなければ着られない柄とか、秋でなければ着られない着物でなく、例えば季節の花の模様など避けて、秋から冬を過ぎて春まで着られるように、縞とか絣など、また季節に関係のない柄を選ぶべきでしょうね。

**花柳**　生産者の方も、そういうものをこれから拵えてあげなければいけませんね。贅沢はいっていられませんから。実用的なものであり、いろんな用途があるものをですね。

**中原**　結論といえるかどうかわからないが、和服にしても洋服にしても、もう今までのようではいけませんね。外国人に似合うように、そして外国人の生活様式から割出して考えられた流行では、そのまま取入れられないものも多いですし、また着物といえば今までの習慣を一歩も出ないという風でなく、あくまで今の日本人の生活から作り出された美しさでなければならないでしょうね。もちろん今の日本人の生活の方を先に改めなければならないようなものですが。新しい感覚できものを着こなすことが必要だと思います。

(『それいゆ』一九四七年四月号掲載)

# 不思議な個性のひと
## ——伊丹十三さんと

**伊丹十三**——商業デザイナーなどを経て、二十六歳で大映に入社し俳優となる。〝北京の五五日〟などの外国映画にも出演し話題となり、存在感のある俳優として活躍した。〝家族ゲーム〟〝細雪〟ではキネマ旬報賞助演男優賞を受賞。また『ヨーロッパ退屈日記』を出版しヒットさせ、文筆業にも活動の場を広げた。五十一歳で〝お葬式〟で映画監督デビューし、三十を超す映画賞を受賞して、その後も旺盛な製作意欲を見せ活躍した。一九九七年に逝去。

## 頭を切りかえて禁酒禁煙

「いま僕は酒もたばこも断っているんですよ」と伊丹さんはいう。私は禁酒禁煙主義の家庭で育ったので、いまだに飲む生活を持っていない。だから酒やたばこをやめる難しさの経験は全くないが、飲んでいた人がやめるのは並大抵のことではないらしいのに、

「僕の場合は、どっちも割にやさしいですね。やめる気にさえなれば……。やはり酒をやめたい、たばこをやめたいというのは、頭を切りかえてしまわなければダメなんですよ。やめるということは別に何をするわけでもないんですからね」と、いとも簡単に言っておられる。

私にはわからないが、頭の切りかえというのは、そんなに簡単にできるのだろうか。

「僕は完全に切りかわっちゃうんです。〝やめる〟というつもりになるのが難しいだけで——つまりお酒をなぜやめなきゃならないのかと思ってしまうんですね。だけど、いったんやめると決まると、僕の場合は非常にたやすいんです」

それは意志の問題なのだろうか、というと、

「いえ、頭が切りかわっちゃうと別に問題ではないですね。意志の力は必要ないんですよ」と簡単におっしゃる。禁酒禁煙を志して、こんな風に事もなげにいう人に出会ったのは初めてだ。

今度は伊丹さんが私に「お酒もたばこも全然おやりにならないんですか」と聞かれるので、たばこは全然やらないこと。お酒も三十六歳まで全く飲まなかったが、外国生活をしていると、食事の

一部のようにブドウ酒がついているので、アルコールとしての意識はなく、なんとなく飲んでいて、ふとそれがアルコールだと気がついたものだから、それならと飲むようになったこと。しかしいまでも、酒を飲む目的でバーに行くとか、晩酌をするという習慣はなく、友人と食事をしたりするとき、少しアルコールが入ると、楽しさが倍増するようで……まあ、そんな程度のお酒だけれど、飲めば割合に強い方らしいことなどを話した。

## お酒を飲んで大人への背伸び

「それにしても、どうしてお酒をやめる気になったんですか」と聞いてみると、

「いえ別に大した理由はないんです。お酒というものは誰でも若いときに覚えますね」

そうだろうか、と私は自分のことをふりかえってみると、父や兄が飲まない、つまり家の中に酒の気がなかったからか、飲みたいけどやめようとか、酒やたばこの誘惑みたいなものに打ち勝ちたいとか、そんな気持はまったくなく、ごく自然に飲まなかったし、酒やたばこを飲んで恰好をつけたいという年頃は、自分にはなかったように思う。

「そうですかねえ。若いとき酒やたばこを飲むというのは、相当な程度に恰好をつけたいんですよ。僕はすごく若いときに、両方とも始めたものですが、まず酒を飲み、盃をくみかわすなんていうのが、大人の仲間入りをしたような気持になるし、一人前の大人と対等に話ができる——そういう大人になる要素として酒を飲むきっかけがあるんじゃないですか。また初めて人生で悩みや苦しみに

ぶつかって、そういうときにお酒を飲み始めることが、大人になる背伸びと一致しているわけなんです。僕なんか、それがなんとなく三十いくつまで続いてきているので……。つまりお酒を飲むたびに、大人になったような錯覚を起して、今日まで来たんじゃないかと思って……」

なるほどそうかもしれない。しかし、私の場合は、少年の頃から自分は人と違ってかなり大人なんだというような気がしていた。だから大人になりたいなあという意識はあまりなかったように思うし、それに大人になるということと、酒やたばこは結びつけて考えることもしなかったように思う。

伊丹さんという人はちょっと変わっているんじゃないかと私は思ったが、いや自分のほうが変わっているのかなと考えたりもした。

ふりかえってみると、酔っぱらって千鳥足になった経験はないが、飲んでみて、いままで固く閉ざしていた心が、ホンワカとリラックスした気分に初めてなったとき、大人って、こういう気分なのかなあなどと、いままで知らなかった世界を知って、初めて大人になったような気持になったことを記憶している。

「近頃、若い人が飲まなくなったでしょう」と伊丹さんはいうので「そうですか?」と聞き返すと、「むかしは映画やジャーナリズム関係の人はよく飲んで、まあ飲むのも仕事のうちだというようなところがありましたよね。近頃は本当に飲まないようですね。テレビの人など、まったく飲まないという人が多いですよ。やっぱり、むかしはお酒を飲むこと、そしてお酒を飲んで人生を語り合う

ことが娯楽の一つだったのかもしれませんね」と、それに続けて、

「ところがいまは、金さえあれば、楽しむ場所はいくらでもあるんですからね。それに、この頃は先輩が若い人を連れて飲みにゆくことがなくなりましたね。むかしは無理やり飲まされて、それで酒を覚えたなんていうことも多かったんじゃないんですか？　経済的余裕がないということもあるのかな？　しかし、むかしだって、毎日飲んでいられるほど給料をもらっていたはずはないんですからねえ」

では、そう変えた理由は何なんだろうか？　と、私がいうと、

「一見楽しいことが増えたようなんですが、この頃の若い人たちには、友達がないですね。友達というか親友のような人がいなくて、皆バラバラですね。遊び仲間の友達はいるようですが、何かのときに打ちあけて相談するような、悩みを聞いてもらえる友達というのがいないようですね」

## なぜか身上相談の解答者に

こんな話をしている間も、伊丹さんはほとんど表情を変えないで言う。よく考えてみると、テレビのドラマの中で見る伊丹さんも、喜怒哀楽の表情をあまり変えずに、感情表現の演技をしてゆく人ではなかったかと考えたりもした。ところが突然、伊丹さんは笑顔を見せて、

「僕はなぜか身上相談の解答者なんかもさせられているんですよ」と愉快そうに笑う。

「それほどの年でもないじゃありませんか」というと、

「つまり解答者として非常に若いということが買われているようなんですが……相談の手紙には非常につまらないことが長々と書いてあって、終わりの方には必ず〝私には相談する親友もないので、ご相談します〟とあるのが多いんですね。むかしだったら考えられませんね。その程度の悩みだったら友達に話すとか……。話してしまうと悩みは大体半分くらい解決したようなものですからね。誰も聞いてくれないから悩むわけで、話す相手がいないようですね」

結局、小さいときから他人の間に溝を作るような教育をされているからだと、伊丹さんはいう。

「つまりお母さんの育て方が一番いけない。『あの子がここまでやるんなら、あなたはここまでやらなくちゃ負けるわよ』というようなことが、友人関係に溝を作るもとになっている」という伊丹さんの意見なのだが。

このことは、テレビや新聞でも、エリート教育とか、教育ママという言葉で、度々とりあげられてはいるが、親友が持てないことが母親の教育ママぶりだけによるものだろうか。

三歳教育や英才教育というのは、その年頃に身についたことが、その人の人間を作るもとになることだとすると、「あの子に負けちゃいけませんよ」といってばかり育てられていれば、あるいは親友の持てない子が出来るのかもしれない。しかし、私のは最近の風潮が、子供をそこまで不幸に追いやっているという考え方も、マスコミが作りあげた先入観のように思えてならないのだが……。

## 無関心《カンケイナイ》は世相の反映

しかし伊丹さんは「だから人間の間にすごく溝がありますね。だからいまの若い人って、ものごとに関して、とても無関心でね。たとえば同じ部屋に何人か若い人がいて、僕が入っていっても、全然こちらに無関心で、自分たちの会話を続けているということが多いんです。人見知りをしているとか、話しかけたいが話しかけられずに、クヨクヨしているというのではなくて、お互いに無関心なんですね」

そうだろうか、若い人にとって伊丹さんの存在は一種の憧れであるはずだから、それほど無関心なはずがないとも思うのだが……。

少し古くなるが「カンケイない、カンケイない」というのがあったが、伊丹さん流にいうと、それは他人は関係ないのだろうか。その「カンケイない」は、どこから生まれた流行語か知らないが、その流行語がそういう考え方を生み出したのか、それとも世相というか、そんなものが、その流行語を生み出したのか……と私がいうと、伊丹さんは、

「もちろん世相が生み出したんですね。むしろ世相というより、人間の根本がそうなっているんですね。小さいときから溝を作るようにと育てられて、やはりそうなったんでしょうね」という御意見だから、世のママたちも、よくよく考えて、我が子の教育をしてもらいたいもの。

伊丹さんはそれに続けて、「それに、ただ競争するということなら、『アイツに負けたらいけな

い』ということだけで、相手とつながるわけですよねえ。ところが『アイツはアイツ、コチラはコチラ』というのが本当に多いんですね。世の中の全てがそう動いているんでしょうが、一番大きいのは、やはり家庭でしょうね。だいたい他人に興味を持っていないし、自分たちだけのことに、かかずらわっていますよね」という。

時代がそういう傾向に流れつつあるということは、たしかに認められるが、伊丹さんは多少、拡大解釈の気味があるように思えてならない。しかし、私の頭の中もこんがらがって、もう一度最初から冷静に考え直さなければならないような気分になってきた。

## 多才な異色の俳優

そこで話題を変えて、私が「実は今日、伊丹さんと対談があるというので、あなたのことについて、いろいろ考えていたら、妙なことなんですが、伊丹さんて子供のときがなかったように思うんです。思春期から後くらいはあるように想像ができるけど、ワイワイと近所の子供と遊んだ頃なんていうのが、全くないようで……いきなり思春期の少年になったみたい」というと、口もとにちょっと笑みを浮かべて、

「いやあ、ありましたよ。僕だって子供の頃は可愛かったんです」という。

もちろん、そうなのだが、どうも伊丹さんのムードはわんぱく小僧を想像しにくいのだ。

ところで、伊丹さんがスクリーンに最初に現われたのはいつだろう。私にとっては、ふと気がつ

いたときに、伊丹十三という異色の俳優がいて、その後、さらにかつて名作の数々を残した映画監督、伊丹万作氏の御子息ということを知ったのだが、感じとしては、彗星の如く現われて、その時すでに伊丹十三という確固たる地位を持っていた俳優という感じだ。商業デザイナーとも聞くし、料理研究家と聞いたこともあるし、著述業といってよいかどうかわからないが、数冊の著書もある。「お仕事は俳優ですね」と念のためにうかがうと、「ハイそうです」とキッパリと答える。

「俳優といっても、伊丹さんはどの種の俳優か、よくわからないんですが」というと、

「ああそうですか」とご自分でも頭をかしげる。

「非常に特殊な俳優さんに見えるし、それはやはり、子供の頃にワァーと遊びまわっていたなんて想像できずに、いきなり大人になられたような感じです」と私がいうと、

「そんなことはないんですよ」と真面目な顔で答えられる。

もちろん、そんなことがあろうはずはないが、ふつうの俳優さんと話をしていると、『こんなことがあってイヤになっちゃった』とか、『すごいショックでしたよ』とか『テレちゃったなあ』なとど、とにかくスターといえば、芝居だけ見ると別世界の人間のような錯覚を持ちがちだが、やはり同じ人間なんだなと思うこともある。

しかし、伊丹さんの場合はちょっと違って、口ではいえない、何か不可思議な存在に見え、とにかく日本の芸能界などには、そぐわない人に見えてならない。「それが女性の心を惹く要素なんですね」というと、

「イヤ、自分のことはどうも……」といって、さらりと受け流される。

「演劇はどういうきっかけから？　やはりお父さまのご関係ですか」とうかがうと、

「そうですね。初めからそうなる感じだったのを、強いて延ばして、商業デザイナーの仕事などしていたみたいです。だからサラリーマンの経験もあるんですよ」とおっしゃるが、ちょっと想像しにくい。

## どんな役でもこなせる俳優に

「どういう俳優になりたいと思われますか」と聞くと、

「何でもできる俳優というか、つまり俳優というのは、どんな役でも出来るのが俳優だと考えているんですが、誰ってきかれると、たとえばアレック・ギネスのような俳優になりたいですね。でも、何といっても大切なのは良い脚本なんです。良い脚本とは、結局、人間が描けている脚本のことですよね。人間が本当に描けていさえすれば僕はどんな役でも良いんです。

僕にはあまり、決まったイメージがないんでしょうか、およそ、その都度、その都度とんでもない変わった役が廻ってくるんです」と一息ついて、

「何にでもなれて、まったくメチャクチャなほど、別な人になれるというような……本当に、そうなれるといいですね」と伊丹さんはいう。

その都度、まったく別な人物になりきるということは、俳優としても、楽しいというか、実にや

り甲斐のあることではないかと思うが、決まったイメージがないと伊丹さん自身がいっておられるのは、ちょっと不思議だ。この人ほど、不思議な味のあるムードを持った俳優は日本にはいないのではないかと思うほど個性的な俳優だと私は思っていたし、だからこそ、どんな役でも出来る俳優ときいたときに、この人の強烈な個性の中で、あらゆる役を使いわける——そのことに私は興味深いものを感じたのだが……。

商業デザイナーから俳優になろうと思われたのは？　とうかがうと、

「まあ、あの頃は反抗していたような具合ですね。親の七光で、俳優になるということにですね……」

舞台の経験はと聞くと、

「全然ありません。しかし、いずれはやりたいですね。劇団というものに加わったことがないので……」

私は、この人は翻訳劇などすると、実に良い俳優ではないかと考えるので、いままで映画やテレビの仕事だけしてきたというのが不思議なくらいだ。

**ヨーロッパで感じたこと**

最近出された本はとうかがうと、

「つまらない本ですけど、『ヨーロッパ退屈日記』というのを文藝春秋から出しました」といわれ

たので、ヨーロッパでの生活はどれくらいですかとうかがうと、

「ヨーロッパの生活といっても、今までちょくちょく行っているもんですから、延べにすると三年くらいになりますか」

「それは俳優になってからですか？」

「ええ、そうです。その目的は、全部仕事で行きました」とのこと。

「外国生活で特に感じたことは？」

「そうですねえ。外国では人に迷惑をかけてはいけないという言葉がないそうです。どうしてかというと、迷惑という言葉に該当する外国語がないそうです。パブリック・ニューサンスという言葉はありますが、ちょっとニュアンスが違って公害の意味が強いですからね。日本では、なぜか人の迷惑になることはしてはいけないと外国で教えていると信じていますが、そういうことはないんです。その代わり『その人の身になって考えなさい。あなたがそういうことをしたら、彼はどういうふうに考えるか、それを考えなさい』というふうに教えているんですね。僕は、それは非常に重要なことで、日本人には一番欠けていることだと思います」

　ということだったが、

「それは日本人というよりも〝人間に〟ではないでしょうか」と私が言うと、

「〝人間に〟でしょうけど、そういうことまで教育している外国人は、やはり基本的には間違っていないと思うんです」と答えられる。

「ところで、僕は外国生活をしてみて、日本も西洋も、生活の習慣が違うというだけで、人間は同じ身勝手さ、同じような好奇心、同じように他人に対する興味、同じように自分本位の考えかた――そんなものを持って生きているんだと思いましたよ」と私がいうと、「僕も別に外国を手本にしてというつもりはないんですけど、でも良いところは学ばなければいけませんね」

といわれる。

## 日本と外国人の差

日本人が外国に見習うべきことは、いろいろあるかもしれないが、逆に外国人が日本人を見習ってもよいようなことも数多くあると思うのに、日本人は自分の国を卑下《ひげ》することに優越を感じているようなのが私には残念でならない。

「日本と外国では、テクニックが違うんですね。たとえば道が大変きれいだから、誰もゴミを捨てたり、唾を吐いたりはしない国民のように思われている。ところが人々は結構平気でゴミを捨て、唾を吐いている。犬を飼っている人が多く、犬を連れて街をゆく人が大変多い。その犬がいたる所でフンをするという状態です。しかしパリでは、朝夕二回、掃除夫が道を洗い流してきれいにしているんです。それを短い間、外国に滞在した旅行者が、掃除された道だけを見て帰ってきて『日本はルールを守らない』なんて言うから、日本人は外国人より罪の意識をもってゴミを捨てているのではないでしょうか。そのために萎縮《いしゅく》して『日本人なんて』と自信を失ってしまっているのも困ったものですね」

と私がいうと、伊丹さんは、

「そういうことも確かにありますね。外国人の方が人間を突き放して見ていますね。たとえば、ここは絶対にセンターラインを越えてはいけないという道があっても、人間の習性として必ず追い越して、センターラインをオーバーしてゆく人がいるとわかると、真中に大きな柵を立ててしまうんですね。つまり、そういう人間に対する、絶望というか、突き放した客観的な観方ができているんですね。変な精神主義では絶対にごまかさないんです。

だから、いくらゴミを捨てるなといっても効果がないとなると、ちゃんと掃除をするシステムを作ってしまうんです。そういうすごいところがありますね」

「確かに伊丹さんの言われたように、人間を信頼していないから、柵を作るというのはわかりますね。日本人は精神主義がとかく表にあって、その精神主義に頼りすぎるから、それに裏切られて、日本人が日本人を信用できずに失望しているんですね」

このことは、私が日本人の最もイヤな面として、つまり無意味な外国崇拝につながるものとして、絶えず胸にひっかかっていたことである。

伊丹さんが面白いことを言い出した。

「それで一番イヤなのは会社などで、よく火元責任者というのがありますね。あれは、とっても不愉快ですね。あれを見ていると、何故か絶望的な気分になってくるんですね。もっと万全な防火設備を作るとか、システムを完全にした上でならいいんですが、火元責任者など置いただけで、万一、火が出た場合、どうするんだろうと思います」

と伊丹さん、怒りを帯びた面持ちなので、私は思わず、

「へえー火元責任者なんてあるんですか？」

というと、

「ありますよ。その日の火元責任者というのがあるんです。火事が出たら、原因はどうあれ、その日の責任者のせいだというわけでしょうねえ」

憤懣《ふんまん》やるかたない表情である。

このへんの感じ方が、伊丹さん独特なところではないだろうか。ふつうの人なら火元責任者というのがあったら〝ああそんなもんだ〟と何となく思っているんじゃないだろうか。

そういう意味で、伊丹さんのものの感じ方、観方は非常にセンシティブで、一つの事柄でも深い掘り下げをするんだなと、私も何となく愉快になった。

（『女の部屋』一九七〇年十一月号掲載）

# 知的でさわやかな魅力のひと

## ――瀬戸内晴美（現・寂聴）さんと

**瀬戸内晴美（寂聴）**――作家を目指し少女小説を投稿するなかで中原淳一の『ひまわり』誌の懸賞小説に入選。その後各社で童話などを書き、次第に文学作品の執筆に進む。一九六三年『夏の終り』で女流文学賞を受賞し、作家としての地位を確立する。以後数多くの恋愛小説、伝記小説を書き人気作家となる。七三年に得度して尼僧となり、法名を寂聴とする。二〇〇六年には文化勲章を受章、その後も旺盛な活動を続けている。

## 最初からズッコケた私

「私、先生に初めてお目にかかったような気がしないんです。むかしから先生の絵が好きでございましたから、『少女の友』に必ず折り込みで先生の絵が入っていたのを、みんな切りまして、それをスクラップにしまって、三冊くらい持っておりましたのよ。それは戦争で全部焼いてしまいましたけど、蔵の白壁に寄りかかっている子守の絵だとか、それから秋の夜だったか、冬の夜だったか、電気スタンドのところで女の子が本かなんかを読んでいる絵とか——ああいうのを、みんな覚えているんです」

私は、瀬戸内さんに今日初めてお目にかかったのだが、開口一番にこんなことをおっしゃるので、私はいま脚光を浴びている女流作家の瀬戸内晴美さんにお会いしたという感じが、フワリとどこかへ行ってしまい、なんだか、思いがけない昔のファンの方にでも会ったようで、今風に言えば、まさにズッコケた感じ。

そして瀬戸内さんは「それに、私は『ひまわり』にも書かせていただいていたんですよ」と、つけ加えておっしゃる。

瀬戸内さんが本格的に文壇にデビューされたのは、たしか十年くらい前の、田村俊子賞を受賞されてからのように記憶しているが、十年前といえば、私が心臓病で入院している最中である。新聞も雑誌もテレビも医師から禁じられ、ただベッドの上で安静のみの生活をしていたのだから、当時の瀬戸内さんのことはあまりよく知ることは出来なかった。なんで知ったのか私自身にもはっきりした憶えがない。けれどひまわり社の少女小説に応募したのが入選して、それからずっと少女小説を書いていた――というようなことを、なにかで読んで、オヤとベッドのなかでびっくりしたことは覚えている。

だが、瀬戸内晴美という名前では覚えがないのだが……と思ったりもした。

「ええ、瀬戸内晴美っていうのも本名ではないんですけれども、あの頃も別のペンネームでしたのよ……私、先生が『少女の友』にお書きになった最初の頃から知っているんですけれども、ほんとうにフレッシュな感じがしましたわ」と、おっしゃるのだが、私は若い頃のことを言われると、どうも照れくさく、穴があったら入りたいという心境になる。

「それに『ひまわり』は終戦後のああいう汚い、なにもかも絶望的な時代に、とてもフレッシュで、良うございましたね。花が咲いたみたいで……いろんなこと、ハッキリ覚えていますわ。それから先生が『ひまわり』を出されてから、絵が突然お変わりになりましたでしょう。ハッキリした線をお使いになって……。それまではもっと優しい……」

こんな会話になると、私が瀬戸内さんのファンのつもりでいたのに、なんとなく逆になってしまったようで、妙な具合になってしまった。瀬戸内さんのおっしゃる、私の画風が突然変わったというのは、私の『少女の友』時代は、私の年齢が読者の年齢と、あまり変わらない若さだったために女の子の感情にたやすく同化できたので、それがあんな絵になったのだと思うが、戦後ひまわり社を創って『ひまわり』という雑誌を創ったころは、自分は大人で、十代の若い女性に与える絵を描くのだと思う気持が、自然に私の画風を変えたのだった。

## 同級生で同県人

「それからお洋服も先生の絵の通りに作って、ずいぶん着ましたわ」とお笑いになり「女子大生の頃なんかも、そっくりそのまま、これ作って下さいって、洋服屋さんに持っていきましたのよ」

ますます私は照れてしまう。

「それから、挿絵で一番思い出に残っているのは、川端先生の『乙女の港』がありましたわね。あれは良かったですね」とおっしゃる。

その『乙女の港』という長編の小説は、川端先生が少女小説としてお書きになったのだが、いま思い出してみると、あの純文学の大家が、あれほど十代の乙女心の機微《きび》を書き尽くして、読者を湧かせたことが不思議なできごとのように思える。

それにしても、瀬戸内さんの少女時代の思い出は、次から次へと尽きないようで、私は色々なことをうかがうべくお目にかかったのだが、なにからうかがっていいのかわからなくなってしまった。

「先生も徳島でいらっしゃいますのね。お住まいは弓町でいらっしゃいましょう」と私の幼年時代のことまで知っていらっしゃる。

私は、本当は香川県の生まれだが、二歳から十歳まで徳島で育ったので、私の気持のなかでは、徳島が故郷のように思えるのだから、瀬戸内さんとは同県人のような気持だ。

関東大震災の時に私は十歳で、小学校五年の時まで徳島にいたというと、瀬戸内さんは、

「そうしますと、私とほとんど入れ替わりというわけですわね。震災の前の年に私は生まれたんですから、それで新町小学校でいらっしゃいましょう？　そのことも私、知っていますのよ。私ね、新町小学校で名を成しているのは、竹原はんさんと中原淳一さんと私だって……なにかのインタビューで、そう言ったことあるんですよ。小学校五年までといいますと、幼時形成は徳島でなすったわけですね」とおっしゃる。

その通り、私の郷土観は徳島にしかない。

「それでは、徳島の眉山とか新町橋、天神祭とか、盆踊りとか――そういうもの、みんな覚えていらっしゃいます？」

みんな、私にとって懐かしいものばかりだ。

**一夫一婦制はなくなる？**

そこで私が「本題に移りますけど、瀬戸内さんの小説は読ませて頂いていますが、僕はいつも大変感動しているんです」というと、瀬戸内さんは「あら、こんどは私が恥ずかしい番ですね」といって、お笑いになる。

いままで読んだ色々な瀬戸内さんの作品を思い出してみると、他の小説とは、ちょっと違った感

動がある。もちろん、いままで読んだ他の作品にもそれぞれ色々な感動があったことは確かだが、瀬戸内さんの作品で、私の胸に迫ってくるものは、男と女というものは、もうどうしようもないもんだなと、せつなくなる事だ、と私がいうと、瀬戸内さんは、

「私がいつも、そう思っていますから……」とおっしゃる。

だいたい小説というものは、男と女の出てこないものは少なくて、その男と女、そこから生まれるいろいろな問題がテーマになっていると思うのだが、瀬戸内さんの作品は、本当にどうしようもない業《ごう》のようなものが、我身のように迫ってくる。そして生きている限り、人間である限り、これは免れない問題ではないのか。そのどうしようもないことがわかっていながら、なお人が人を愛したり、愛されたり……仕方がないことかもしれないが……結婚とか、入籍とか、人間のそんなしきたりが、ますます複雑にしてしまっているのではないか……。それなら、どうすりゃあいいんだというと、長い間に人間が築きあげた社会制度が人間をますます複雑にしているようで、私の頭はこんがらがってくるのだが……。

「私がいつも、そう思っているからでしょう」とお笑いになる。

私が、結婚という制度については、どうお思いですかとうかがうと、

「やっぱり、それは変わってくるし、籍を入れなくなるんじゃないかと思いますね」とおっしゃるが、私も瀬戸内さんの小説を読む度に、結婚、入籍、一夫一婦制などというものが、人間をかえって不幸にしているようにさえ思えてくるのだ。「一夫一婦制度だって、いずれはなくなるんだと私

は思いますよ」といわれる瀬戸内さんが作者なのだから、私の頭が混乱するのも当然だと思った。

いつかテレビの娯楽番組で、コメディアンやテレビタレントが、フリーセックスを話題にして討論めいたことをしているのを見たことがあるが、そのとき、ある一人が——絶対にフリーセックスであるべきだよ——と、それを強調していたが、もちろんその番組は興味本位の取りあげかただとしても、完全にフリーセックスなどという時代になったら結婚という制度はどうなってゆくのか、また子供の問題はどうなるのか……。大衆を相手にするテレビで、こんな重大な問題を、コメディアンなどが無責任にいっていいのだろうかと、首をかしげたことを思い出した。

## 女性が経済的独立をすれば

「ですから、女が子供を育てる母系制に帰って行くんじゃないでしょうか。まず、そのためには、女が経済的な独立をしなければならないということ。女が経済的独立をしない限り、男女同権とか、フリーセックスとか、ウーマン・リブなんて言ったって始まらないと思うんです。でも、これは私だけの考えですけどね。女が経済的独立をしますと、好きな男の子供、たとえば先生のような芸術的才能のある子供がほしいと思ったら、そういう人と交わればいいし、こんどは数学的才能のある子供がほしいと思ったら、そういう人と仲よくして、いろいろな種類の子を一ダースくらい生んで、女が自分の力で育てる、それが一番楽しいんじゃないでしょうか」と楽しげにお笑いになるが、どこまで本気なのか、私は考えてしまった。

女性に経済的独立があっても、子供を育てるのは大事業だとも思うし、その責任が男にはまったくなく、全部女性が背負うとしたら……そんなことでいいんだろうか。無責任な男が、こんな都合の良い話はないと、好き勝手なことを始めたらどうなるだろう。そして子供の問題は……。

「やっぱり子供は国家なり社会なりで、ちゃんと面倒を見てくれる場があって、お腹に入れることはしかたがないけれど、それも、だんだん変わってくるんじゃないですか。いまは試験管ベビーなんかも出来ていますし……やっぱり科学がここまで進歩したら、子供を産む自由と産まない自由が、女にもっと与えられるんじゃないでしょうか」

ますます私の頭の中は複雑になってきた。そうすると人間の感情、たとえば母性本能というようなものを、女性の誰もが切り離せないものとして持っているとしたら……その点は……。

「あの母性本能というものに、私は疑問を持っているんです」

その点では私も同じで、母性本能とは、半ば後天的なものではないかと思っているが、私も年と共に、人生を重ねてゆくに従って、人生観やものの考えかたも変わってくるし、最近は、家族関係不信……自分は家族を持ちながら、家族不信であるのは不幸であると同時にまわりも不幸だろうと思う。それを不幸にすまいとすると、自分はどうすればよいのかと困惑する。ところが、不幸の影すらもまったくないような人に出会うと、自分はふつうより変わった人種なのだろうかと思い、ぞっとするようなことがあると、私がいうと、

「いいえ、それは変わっているんじゃありませんよ。みんなが、ありきたりの習俗——女は子供を産

んだら、母性愛を持つものが本能だとか、自分の子供は無条件に可愛いはずだとか、そういう観念を植えつけられて、そう信じているんじゃないでしょうか」とおっしゃる。

私も最近、そのように思えてならない。

「まあ、子を産むなんていうのは、犬や猫でもできることですから、毎日顔を見て、共通の思い出を持つということで愛情がわくんじゃないでしょうか。男と女の場合もそうで、夫婦なんていうのも、そういうところで止むに止まれないものができてくるんであって……」

とつけ加えられる。

## 絶えない男と女の悩み

そうして、親子や夫婦が共通の思い出を持ち、そこから愛情が湧き、止むに止まれぬ因縁ができるということが、世間一般では尊いものだとされているのではないだろうか。また、瀬戸内さんの小説に出てくる、あのどうしようもない泥沼のような宿命のなかに落ち込むことにもなるのではないのだろうかと思うと、疑問は数限りなく出てくる。

女が経済的に独立するといっても、働きながら子供を育ててゆくということを考えると、問題は大きく、第一に経済的独立といっても、瀬戸内さんのように特殊な才能がある場合を除いて、どれほどの独立ができるだろうか。

男ならば、自分の能力が皆無だとわかったら、それはそれなりの生活をするが、女性になんの能力もない場合、最も下等な労働をして、それで子供を産み、育てられないからといって、国家の作った施設で育てるとはいっても、それで男女同権の幸せが得られたことになるのだろうか。

私は思わず「何年か後には、そんなに割切れる時代が来るのでしょうか。もし試験管ベビーとか、国家がすべて責任をもってくれるから何人でも産んでやろうとか、それほど人間が割切れてくると、瀬戸内さんの、やりきれないほどの感動を与える作品がなくなるんじゃないでしょうか」と心配すると、

「いいえ、そこはそれで、次の新しい、我々の予測できない悩みが出てくるんじゃないでしょうか」とおっしゃる。

そうなると、人間の生活や制度がどう変わっても、結局は悩みは断ち切れないものだろうと、私は考えてしまった。

私が「自分や自分の周囲の人たちの暮らしを見ていると、カラカラと回っている機械の間に布きれがはさまって、アッと思う間に、どんどん巻きこまれてゆく。そして引っ張っても引っ張っても、複雑にからまる一方で、どうにもならないみたいな、ああいう風に人間関係が、あっちにも、こっちにも引っかかってゆくものがありますね。僕は、自分の身辺がそんなふうになってゆく恐怖にさいなまれたりする——これは一種のノイローゼみたいなものですかね」というと、瀬戸内さんは、

「私どもの少年少女の頃といまの若い人たちと比べますと、やっぱりものの考えかたや感覚が変わってておりますでしょう。たとえば私たちの時代は、親とか兄妹に対しては、非常に濃い感じをもっ

ていましたけど、いまの若い人は、そういう点サッパリしていますものね。権利を主張して、親は勝手に産んだんだから、育てるのが当り前だみたいな顔をして、あんまりベタベタしていないんじゃないでしょうか。それは個人差でしょうかしら」とおっしゃる。

もちろん個人差はあるとしても、割切っているなんて言いながら、都合の良いときベタついて、割切ったほうが都合の良いときには割切って——そんな若者が意外に多いように思う。瀬戸内さんは、

「それは策略ですよ」と、いとも簡単に言い切ってしまわれる。

### 八歳のときから小説家志望

そこで話題を変えて、瀬戸内さんが少女の頃から小説を書いていられたと聞いているが、作家として目覚めて、小説を書いて生涯を送ろうと思われたきっかけは……。

「小学校三年のときから、小説家になろうと思ったんです。三年生のときに、将来何になりたいかということを、先生が無署名で書かせたことがあるんですよ。そうしたら、髪結いさんになりたいとか、幼稚園の先生になりたいとか、みんないろいろ書いたんですけれど、私は小説家になりたいと書いたことを覚えています。先生がそれを読み上げますと、小説家なんて書いたのはクラスで私一人だったんです。無署名ですから名前は書いてなかったんですけれど、みんなが私のほうを見ましたから、なにかそういうふうに私は見られていたんでしょうね」ということだった。

その年頃から、私も将来は絵かきになるんだと、子供心に決めていたことを思い出す。

どうしてそんな頃から小説家になろうと思われたのですか、とうかがうと、

「やっぱり好きだったんでしょうね」と簡単なお答え。

音楽家にしても、画家にしても、小説家にしても、同じだけれど、私はときどき音楽ってなんだろう、絵なんて何のためにあるのか、小説って何なのだろうと思うことがある、というと、「そうですね。それは私もずっと思っています。いまでも小説とは何だろうと思うところを、小説に書いているんであって、小説とは何だろうかと思わない小説家の小説は、本当につまらないと思います。ですから、やはりそう思って書いている人の小説は面白いですね」ということであった。

小説とは、絵とは、一体何だろうと思っても、じゃあ、なぜ私たちが読みたいのだろう、見たいんだろうと考えてみると、読みたい人がいるのなら、書く人がいないと困る、見たい人がいるから、絵だって描く人が必要なのだと、こんな単純な結論を考えついて、ほっとしたりする私である。

## 生きている人は書きにくい

ところで、瀬戸内さんには、いまは亡くなられた、実在した人物の伝記小説というのか、伝記文学というのか、その類いの作品がかなりある。最近、世界の蝶々夫人――として音楽史上に残るであろう三浦環のことを書かれた『蝶々夫人』という作品を読んだが、私は生前の三浦さんとはよくお目にかかる機会もあって、わりあいに三浦さんのことは知っているほうなのだが、

「これはお話しするつもりじゃなかったんですが、僕はあれを読んで……こんなことをいうのは作家に対して失礼かな？」というと、瀬戸内さんは、

「いえいえ、どうぞどうぞ」と気さくにおっしゃる。

それで僕は、岡本かの子を書いた『かの子撩乱』、菅野須賀子のことを書いた『遠い声』など、他の作品に比べて、芯の弱さみたいなものがあって物足りなかったというと、瀬戸内さんは、

「あのなかに出てくる人物で、まだ現在生きていらっしゃるかたが、いろいろいるんですもの。だから、やっぱり書けないんですね」といわれる。

なるほど、それは私も読みながら、そうではないかと思ったことなのだが、そのあとで、『遠い声』を読んで、とても爽やかな印象を受けた。まったく誰にも遠慮する必要がなく、作家の眼でちゃんと見ていて……。

『蝶々夫人』の方は、私が三浦さんを知っているだけに、よけい気になったのかもしれない。それに『蝶々夫人』のなかで、いままで三浦環のことは多く書き残されているが、正しく三浦環のことを書いてあるものは、非常に少ないというような一節があった。他人のことを正しく書くというのは、まず不可能なことだと私は思うし、まして死んだ人のことなど、どんな身近な人間から資料を集めてみても、まったく正しいなどということが、あろうはずがない。それに、瀬戸内さんの場合は、伝記を書くというのではなく、伝記文学なのだから、一人の人物に関する克明な資料を集めて、それが瀬戸内さんの体内に入り、消化されて、瀬戸内文学として出来上がったものなら、正しいか

正しくないか、問題でないのではないかと思った。私はややしつこく、「瀬戸内さんがご自分の書くものに遠慮なんかするから、いけないんですよ」というと、

「いろいろありましてねえ。途中で書く意欲がなくなったりして、とても苦心したんです。だから、もう一度手を入れたいと思っているんですが……」とおっしゃる。

あの作品のなかには、私の知っている人物の名前が何人も出てくるのだが、そのなかに「秀穂」という新聞記者が最後まで出てくる。その男のことは、私はまったく知らなかったが、「知らない人だから、事実か事実でないか――それとは無関係に、『秀穂』のことはよく書けていますね。すごく迫力を感じました」というと、

瀬戸内さんは、私の言葉にかぶせるように「そうなんです。あの人物を書きたかったんです。途中から三浦環そのものにあまり興味がなくなって、あの人物を書いてみたくなったんです。大体いつもそうなんです。祇王寺の尼さんを書いたときも、尼さんよりそこに仕えている『お琴と佐助』の佐助みたいなおじいさんがいて、その人が面白いので書こうと思ったんです」とおっしゃる。

「ですけれど、秀穂を書くのであっても、三浦環さんをもっと掘り下げてお書きになれば、あの作品がもっともっとよかったと思うんですが……」と、私のいうことに瀬戸内さんがうまく調子を合わせてくださるので、いい気になって、門外漢の私が失礼なことをしゃべってしまったような気がする。

マイホームは大きらい

がらりと話題を変えて、先程もいろいろな意味で間接的には瀬戸内さんからうかがったようにも思うけれど、改めて、「やがて新しい年が来るんですが、これからの新しい女性の生き方ということをどうお考えになりますか」とお聞きすると、

「やはり、新しく変わろうとか、どういう風にしようかということではなくて、自然に変わってくると思うんです。もうすでに変わっておりますし、戦後の二十年を考えてみても、たいへん変わっていますものね。たとえば、母親のイメージ、妻のイメージが変わっていますし、その他いろいろ変わってきていると思うんです。あとは男と女ではなく、人間としてどうあるべきかという風に女が思う時代が将来必ず来るだろうし、そういう時代が来ると女権の拡張とか、ウーマンなんとかという言葉がナンセンスになるんじゃないか、そんな気がします。そして男はますますだめになって……」

と声をたててお笑いになる。

瀬戸内さんのお話のニュアンスでは、男女同権というよりも、男をますますだめにすることに興味がおありになるようだし、男が少しだめになった方が、いい世の中になるとでもいうのだろうか。ところで、これはあまり深い意味をもっていないのかも知れないが、マイホーム主義なんて言葉をよく耳にするのだが、あれはどういうものだろう、と私がいうと、

「ああ、私、そのマイホーム主義というのは大きらいなんです」

私も大きらいである。といってもマイホーム主義がどういう風に論じられているか知らない。いや論じられているというよりそれがいまの社会全般の風潮だというのだろうか。

「それはやっぱり男がだめになった証拠ではないでしょうか」

とまたここでも瀬戸内さんは、男がだめだとおっしゃる。そして、

「だから、男が生存競争でくたびれ果てて、マイホームに憩いを求めているんじゃないんですかね。でもほんとにいやですね。つまらないと思います」

私も同感である。そして私も男としてマイホーム主義などにはなりたくないし、私の考えでは、男の立場でホーム、つまり家庭を大切にするならば、家庭を第一に考えるとか、暮らしを大事にするとかいうより、社会での生活に生きることを第一に考える方が、より家庭を大切にすることになるのではないだろうか。

この日は森田たま女史の葬儀の日にあたり、瀬戸内さんが、その葬儀に列席される時間が来てしまった。

写真で見る瀬戸内さんはいつも趣味のいい和服をお召しなのに、今日はそのため黒のロンゲットのワンピースである。良くお似合いになる和服姿にお目にかかれなかったのは残念だったが、黒い洋服姿の瀬戸内さんには、また別の趣きがあった。


（『女の部屋』一九七一年一月号掲載）

美しさをつくる——中原淳一対談集

平成21年３月20日　初版第１刷発行

編著者　中原淳一
監　修
デザイン　中原蒼二
発行者　佐藤今朝夫

発行所　国書刊行会
東京都板橋区志村１-13-15
郵便番号174-0056
電話　03-5970-7421
http://www.kokusho.co.jp

印刷所　（株）シナノ
製本所　（株）ブックアート

ISBN978-4-336-05098-4　